Francesco Luca Borghesi

*Una settimana da animale*

*i sette vizi capitali*

Mnamon

Il libro è dedicato a tutti quei lavoratori che hanno saputo creare un'amicizia malgrado le avversità, le difficoltà personali o aziendali.

Per essere amici tra colleghi non è importante il grado d'istruzione, neppure il ruolo che si occupa in azienda, ma solo buona volontà e soprattutto essere delle brave persone.

Un ringraziamento affettuoso va a Mauro e Ruggero: due grandi professionisti, due persone di grande statura morale.

Francesco Luca Zagor Borghesi

## Lunedì da asino, l'ira

Lunedì, l'odiato lunedì, è rappresentato, sicuramente, dall'asino in quanto, tra i tanti animali, è certamente il più bistrattato.

Viene immaginato sempre al lavoro, carico e ragliante.

Io sono un asino, ma, in effetti, proprio carico di lavoro il lunedì no di certo... al massimo diciamo, per trovare una similitudine con il quadrupede, maltrattato.

Ogni lunedì io sono così: spesso preso a bastonate o deriso per la mia stupidità. Odio il lunedì e disprezzo me stesso, detesto questa inutile giornata e manifesto la mia ira verso tutto e tutti.

L'asino non è l'animale più stupido, ma nella nostra cultura, purtroppo, lo rappresenta.

Non è sempre stato così mal considerato. L'asino, infatti, è, allo stesso tempo, simbolo di sapere e ignoranza. Nella mitologia egiziana, l'asino è addirittura simbolo di malvagità.

A dirla tutta, il lunedì io sono anche malvagio, come tutti quelli che conosco.

Il lunedì è impossibile non essere una merda!

L'asino però, per alcuni popoli è, o fu, simbolo di regalità, in particolare per gli ittiti. A dire il vero non so neppure chi siano gli ittiti... forse ne ho incontrato uno in metropolitana, ma senza saperlo.

Forse un ittita è qualcosa che ha a che fare con i pesci... un ittita ittico... forse sono dei pescivendoli antichi mantovani.

Il lunedì nessuno è regale né, come si può dedurre dalle righe precedenti, saggio.

Mi sveglio, si fa per dire, dopo aver fatto suonare la sveglia decine di volte; mi alzo dopo che la suoneria è stata sentita dal palazzo intero, da tutta la via.

Vorrei che i vicini di casa si lamentassero per miei amplessi rumorosi e spettacolari, invece si lamentano perché la mia sveglia li desta.

Mi piacerebbe avere a fianco a me una donna meravigliosa, invece il mio letto è pieno di spazzatura maleodorante e non pare neppure di trovarsi in una stanza.

Mi reco in bagno, o meglio mi trascino, e mi guardo allo specchio: vedo un vecchio, il nonno di mio nonno; inspiegabilmente, la notte tra domenica e lunedì, sono invecchiato migliaia d'anni e così posso tornare anche alla mitologia egizia di cui prima parlavamo.

Non posso pensare che esista un giorno tanto duro, non posso credere che riuscirò ad affrontare il giorno dell'asino, anche se non ricordo di averlo già visto sorgere e tramontare centinaia di lunedì. Sono arrabbiato, vorrei rompere lo specchio, spaccare tutto e prendermi pure a schiaffi, ma rimarrebbe il lunedì ed io sarei comunque sempre e solo un asino.

La rasatura del lunedì è particolarmente complicata: è come se pretendessi di tagliare un bosco di sequoie con un pettine. Durante la rasatura della barba mi taglio mille volte almeno, anche se il rasoio è nuovo, nuovissimo; anche se ha tre o quattro lame, comunque mi taglio vistosamente in ogni caso.

Non c'è speranza: converrebbe farsi dieci tagli subito e desistere dalla rasatura, ma la testardaggine dell'asino incombe ed io insisto.

Mi copro di pezzi di nastro isolante perché non ho cerotti e come mummia ricordo nuovamente l'Egitto. È nastro isolante da elettricista, rosso vinaccia… abbastanza discreto non direi. Inoltre mentre ero assorto nei miei inutili pensieri, ho rasato a zero un'intera sopracciglia.

L'asino è un animale davvero intelligente, ma noi lo ignoriamo; così il lunedì è un giorno come gli altri, ma nessuno lo immagina neppure.

Addirittura il lunedì dovrebbe essere il giorno migliore della settimana lavorativa se una persona normale si fosse tonificata durante il week-end.

Il lunedì, inoltre, è un punto di passaggio fondamentale per arrivare al fine settimana così come l'asino, animale indispensabile, in passato, come bestia da soma, accompagnava il lavoro dei campi, il sostentamento per la vita, il mezzo con cui guadagnarsi il cibo e quindi simbolo di vita.

Il lunedì, invece, ha statisticamente il numero maggiore di licenziamenti, di divorzi, di guai o di semplici vaffanculo rispetto a qualsiasi giorno. Per mettermi avanti con il lavoro perché non mi posso licenziare, non posso divorziare, essendo single, mi guardo allo specchio e con rabbia mi mando a fare in culo tre o quattro volte di seguito.

Io sono seduto sul water e il lunedì mattina sono anche stitico.

Potrei aver mangiato cinque chili di prugne la sera prima, ma sarei stitico lo stesso anzi, a ben ricordare, ieri sera le ho proprio mangiate. Potrei anche averle usate come supposte, prugne giganti, ma il lunedì è stitico da contratto.

Tanto per scendere nei particolari più sordidi credo di non avere, tra le chiappe, neppure il buco. Lo cerco anche con un dito, nel solco tra le natiche, ma il buco non c'è.

Un culo senza buco è come il lunedì: inutile.

Sono stitico solo fin a quando resto nel mio bagno, sul mio water; potrei stare ore intere sulla tazza, ma di lunedì sarei comunque stitico. Invece desisto, mi vesto ed esco; decido di prendere la metropolitana... che peraltro pensavo a Mantova non ci fosse.

In quel momento cambia tutto, il treno sotterraneo è come se passasse nel mio intestino e ha un effetto lassativo devastante. Una metropolitana carica di succo di prugne gelate.

Una pentola di rame al mio interno comincia a bollire con il contenuto di cento chili di fagioli; Non posso fare nulla: al mio interno viene preparata la fasolada greca per un intero paese!

Tutto secondo copione, tutto secondo ricetta: quattrocento grammi di fagioli bianchi secchi, due pomodori maturi, due carote grandi, due cipolle rosse. Un gambo di sedano, una tazza di olio d'oliva. Pepe e sale a piacere.

Appena mi siedo nell'angolo più riservato del vagone, scarabocchiato con scritto abbasso Juve, partono le indicazioni: scaldare una pentola con acqua bollente prima di aggiungere i fagioli. La misurazione di acqua dovrebbe essere sufficiente a coprire i fagioli.

Mi guardo attorno disperatamente, l'asino del lunedì che è in me non sa cosa fare: «Aiutatemi, vi prego» sono tra il disperato e l'arrabbiato; vorrei prendere a calci chi ha inventato la metropolitana mettendo i seggiolini invece dei water. Mi guardano tutti, ma anche loro hanno gli occhi da "fasolada greca", disperati e arrabbiati come me.

Pelare i pomodori, togliere i semi e tagliarli in piccole parti. Affettare le carote e tritare le cipolle.

Non posso farcela voglio scendere, ma il mio stomaco prosegue: tagliate il sedano a pezzetti e aggiungere insieme al resto delle verdure. Aggiungere il bicchiere di olio d'oliva, poi sale e pepe a piacere.

Per divagare ancora un pochino questa cosa del pepe a piacere non l'ho mai capita: è un piacere mettere il pepe oppure è un piacere mangiarlo? O forse ancora se volete fare un piacere a me, che vendo il pepe, mettete molto pepe?!

Non mi è chiaro, ma andiamo oltre.

Mi guardano tutti e come se volessero aspettare la zuppa. Tuttavia sarà la solita diarrea del lunedì.

Abbiamo messo tutto a bollore. Monitorare per aggiungere acqua ogni volta che è necessario per evitare la puntura del fondo e cercando di mantenere il brodo a metà del livello degli ingredienti. Se fosse fasolada greca, si potrebbe accompagnare anche con feta.

Ecco, sto per scoppiare: togliere dal fuoco quando i fagioli sono morbidi. Lasciare riposare per mezz'ora e pronto a servire. Io, però, non ho mezz'ora a disposizione mi sto già cagando sotto. Ho le lacrime agli occhi tanto che uno dei soliti mendicanti, che suonano sulla metropolitana, mi lascia una moneta perché gli faccio tenerezza, forse pena.

Non riesco mai a trattenermi, il lunedì vorrei essere nudo nel deserto invece sono circondato da altri passeggeri che, come me, il lunedì soffrono di dissenteria, non so se l'odore è solo il mio oppure anche dei colleghi sventurati.

Nel bagno di casa fortemente stitico, in metropolitana sfacciatamente cagone.

Povero asino.

Eccomi alla mia fermata.

Scendo e cammino a gambe larghe, anche la camminata è, il lunedì, diversa del resto della settimana.

Il palazzo dove lavoro, anzi dove non lavoro, è alto dieci piani e il lunedì l'ascensore non funziona, mai.

Vedo altri asini, tanti asini, camminare a gambe larghe arrampicandosi per una scala insidiosa. I loro sguardi, come il mio, sono carichi di collera verso il destino avverso.

Normalmente la scala è stata appena lavata e, si sa, gli zoccoli scivolano sul fondo bagnato, molti cadono e giungono, in ufficio, distrutti.

Si può avere solo un sogno il lunedì: che finisca in fretta, ma il folletto dispettoso del tempo, quello che mi ruba minuti preziosi quando mi diverto, quando sto bene, quando sono in vacanza, me li restituisce tutti il lunedì tra le nove e le dieci di mattina, tanto che quell'ora dura almeno quattro o cinque volte di più e poi se sono fortunato.

Il mio orologio, che il venerdì sera è preso da frenesia e corre veloce, il lunedì mattina è fermo o quasi. Lo posso guardare anche mille volte ma non si muove; ho pensato anche di scambiare un lunedì con tre mercoledì ma nessuno ha accettato lo scambio.

Il lunedì mattina non si fa nulla in ufficio. Andrebbe abolita la giornata, ma il rischio potrebbe essere quello che il martedì si trasformi in un lunedì ancora più tremendo, ancora più triste e così nessuno si azzarda a provarci.

Sarebbe sensato lavorare sia per guadagnarsi lo stipendio, sia per far passare il tempo, invece, il lunedì ha una sua logica, magari illogica, e non si può far altro che disperarsi ed essere arrabbiati.

La pausa del caffè è ripetuta infinite volte solo per passare il tempo.

Il lunedì ho, di solito, un richiamo scritto in quanto, solo la mattina, m'ingurgito sedici caffè.

Non so perché sia chiamato caffè quando in realtà sia una cosa diversa.

È una sostanza di colore brunastro, ha consistenza semisolida viscoelastica ma non presenta una temperatura di fusione ben definita.

Parzialmente solubile come organici apolari.

L'analisi chimica, se fosse eseguita alla nostra macchinetta del cosiddetto caffè, presenterebbe una percentuale in peso di carbonio e idrogeno.

D'accordo non vado avanti non è caffè, si tratta di bitume.

Comunque sia, alle undici ho attacchi d'ira e può capitare che prenda a calci una fotocopiatrice distruggendola solo perché a mio giudizio produce fotocopie un po' diverse dall'originale.

Milletrecento euro di danni che mi saranno addebitati in busta paga.

Naturalmente non so se l'azienda metta a disposizione una mensa e non ho il tempo di tornare a casa, così ho avuto, come tutti i lunedì, l'ottima idea di portarmi una scatola di tonno e una cipolla pure germogliata... la misera dotazione alimentare casalinga del lunedì.

Questa marca di tonno è l'unica che, nel nome della tradizione, non ha inserito una linguetta per aprirla e quindi, sempre come ogni lunedì, servirebbe il vecchio, ma preziosissimo, apriscatole, che ovviamente io non ho.

Come si potrebbe aprire la scatoletta?

Parto con fare distaccato, con il tappo di una biro bic.

Impresa impossibile ovviamente, ma non desidero dare molta soddisfazione alla scatoletta.

L'asino che è in me insiste finché il tappo si contorce su se stesso e miseramente ripiego su uno strumento apparente più consono: il cava-punti in metallo.

Tutto inutile!

Martello freneticamente e poi con rabbia, isteria fino a colpirmi violentemente un'unghia, del pollice destro. Ira funesta.

È la terza unghia che si stacca, tre lunedì di seguito, tre unghie perse. Allora forse ho tre pollici.

Ormai in preda all'ira lancio la scatoletta nel muro di fronte a me e s'incastra sulla parete.

È di cartongesso di scadente fattura e nel muro si possono vedere le scatolette deformate delle settimane precedenti, dei lunedì precedenti, alcune sono anche arrugginite, tuttavia tutte scrupolosamente, ermeticamente, sigillate.

A questo punto come tutti i lunedì mi rimane la cipolla che mangio a morsi cruda con buccia.

Il sapore è come mangiarsi un'espadrillas ma con dentro il piede sudato di Julio Iglesias dopo un lungo concerto allo stadio di Madrid.

Dopo il succulento pranzo ci vorrebbe un caffè, un caffè vero non il solito bitume, e magari una sigaretta.

Per il caffè desisto subito per motivi scaramantici perché sarebbe comunque il diciassettesimo della giornata.

La sigaretta apre un capitolo interessante: fuori, in questo momento, piove fortissimo, come tutti i lunedì dall'anno, alle tredici e quarantacinque.

Piove davvero forte una tempesta tropicale e smetterebbe di piovere solo se decidessi di non fumare.

Così il quattordici agosto, così il ventitré dicembre invece voglio, pretendo, fumare, ogni lunedì alle tredici e quarantacinque e allora piove.

In ufficio non si può fumare o meglio non si potrebbe; potrei mangiarmi le sigarette direttamente e il mio pranzo migliorerebbe ma insisto: voglio fumare!

In tanti lunedì piovosi non ho ancora trovato il posto adatto, dove fumare, dove poter tabaccare nascosto e in sicurezza.

Mi hanno multato, richiamato, ho fatto suonare l'allarme e attivato i getti d'acqua, ma ancora non so dove fumare.

Oggi cosa escogito? Ho un'idea brillante che nessuno avrà mai usato: sono un genio! Un asino geniale.

A dire il vero non è un'idea del tutto mia: una volta, infatti, guardai un film in bianco e nero, dove fumavano in una bottiglia per poi fumare di nuovo dalla bottiglia stessa. Si trattava in quel caso di miseria, avevano poche sigarette e così duravano il doppio, erano anche in carcere.

Nel mio caso è per non disperdere il fumo poiché in bagno suonerebbe ancora l'allarme.

Prendo la bottiglia vuota di plastica da un litro e mezzo che ho sulla scrivania e mi reco in bagno, apparentemente la cosa potrebbe funzionare.

Potrei anche approfittare del bagno ma, ormai, non ne ho più bisogno e a tal proposito mi viene in mente che non mi sono lavato dopo essermi cagato sotto: si è tutto solidificato, è come se avessi le mutande di argilla e al posto dello scroto ho un favo con tanto di api.

La bottiglia è piena di fumo e la sigaretta è terminata.

E ora? L'idea è certamente originale, ma dove posso riporre la bottiglia senza essere visto?

Mi reco così di nascosto in archivio e mi ritrovo davanti uno spettacolo desolante: altri asini come me con in mano una bottiglia piena di fumo.

Tanti asini, asini fumatori , con un'unica idea: sugli scaffali dell'archivio migliaia di bottiglie di plastica piene di fumo tutte in riga avvolte nella polvere e nelle ragnatele.

Anni, anni, anni di fumo ben catalogati nelle bottiglie.

Nessuno proferisce parola: ognuno ripone la propria bottiglia e si allontana con un senso di smarrimento.

Sono le due, o meglio le ore quattordici, e gli asini si risiedono alle proprie scrivanie in rabbia con il mondo e tra di loro.

Potrei pensare di essere a metà della peggior giornata e gioire per aver già percorso parte importante del martirio, ma il pomeriggio è immobile dalle due alle due e cinque, per esempio, devono trascorrere ben trecento secondi.

Conto fino a sette e mi stanco: sono ancora le quattordici; il tempo è immobile e gli asini sembrano fantocci di pezza. Asini di pezza.

Non so davvero come fare a passare il tempo e, come ogni lunedì, vado avanti con stratagemmi che mi consentano di arrivare a sera.

Mi mando un'email e verifico se mi arriva.

È arrivata!

Mi rispondo alla mia email e verifico se arriva anche la risposta.

È arrivata!

Conto i tasti della tastiera del computer ma mi stanco sempre a sette.

Pugno sulla scrivania per sfogarmi della mia ira, ma poi?

E poi sono le due, sempre le quattordici, e dodici minuti.

A questo punto poiché le diciotto non arriveranno mai comincio a pormi delle domande fondamentali per passare il tempo.

Che tipo di impiegato sono?

No, non intendo se un bravo o pessimo impiegato…voglio dire nel senso: quale sarebbe il mio lavoro se avessi voglia di lavorare? Calma! Ho pensato: se avessi voglia di lavorare… non mi è mai balenato di farlo o di averne desiderio per davvero.

In effetti, non ho capito se mi occupo di commerciale, finanziario, marketing oppure personale… magari sono un ingegnere… non credo ma potrebbe essere. Magari sono un'infermiera che per sbaglio si trova in un ufficio.

In teoria credo di essere un maschio ma non si sa mai.

Qual è il mio compito? Non è chiaro!

I fogli sulla scrivania non mi aiutano per niente.

Su questo, per esempio, c'è scritto il riassunto di una riunione con quaranta partecipanti di due mesi fa… era sulla privacy… mah…

Non riesco a capire davvero perché la ditta mi paghi… e i miei colleghi?

A dire il vero non so neppure di cosa si occupi la società per la quale lavoro, cioè per la quale non lavoro.

Compriamo banane? Vendiamo armi? Collaudiamo dei vibratori new generation per vecchie pornostar?

Boh!

Tanto per passare il tempo chiedo ai colleghi, ma senza risultato.

Chiedo a Mario… che poi forse non si chiama neppure Mario.

«Ehi scusa… ma noi che tipo di lavoro facciamo?».

Lui mi guarda stupito e mi risponde «Sei nuovo?».

Ora sono io il perplesso e insisto: «Siamo vicini di scrivania da circa diciannove anni» ma poi mentre rispondo, mi viene il dubbio che sia una donna, allora, forse, si chiama Maria.

«Perbacco è davvero strano: io ho ventisette anni, almeno mi pare, e quindi non credo di aver iniziato a lavorare a otto anni» afferma con voce bisbigliante.

In effetti, non che io sia proprio sicuro se si tratti di Mario o Maria e poi, guardandola davvero bene, è veramente bellissima, anche con tette grosse, è evidente che sia una ragazza.

Forse, preso dal mio lavoro, non l'ho mai notata. Magari la precedente collega è morta e, quando è stata sostituita, io ero distratto.

«Scusa, ma almeno, sai che tipo di attività svolge la società per la quale lavoriamo? ».

«No. Mi piacerebbe saperlo anch'io, ma solo per curiosità».

La conversazione si fa avvincente, piena di misteri, così insisto: « Qual è il tuo lavoro?».

«In poche parole è difficile dirlo. Tanto per riassumere potrei dirti che la mattina arrivo e la sera vado via …».

«Forte… siamo dello stesso settore, anch'io faccio tutte queste cose! ».

Sorride e aggiunge: «Ora scusami, ma mi devo limare le unghie dei piedi».

Bene, almeno sono passati diversi minuti.

Il traguardo del lunedì sera è però molto distante servirebbe qualche altro detersivo.

Sì, lo so avrei dovuto scrivere diversivo, e non detersivo, ma volevo perdere altro tempo.

Un lunedì sì e uno no insceno una rovinosa caduta, ma questo è il lunedì no e quindi non posso permettermi di infrangere questa fortunata tradizione.

Perché esistono i lunedì e perché gli asini sono così sciagurati? Eppure l'asino ha avuto importanti ruoli nella storia.

Pensiamo a come nelle rappresentazioni sacre rivesta un ruolo fondamentale, pensiamo all'asino che trasporta Maria in fuga in Egitto o l'asino che trasporta Gesù quando entra in Gerusalemme… e non era un asino arrabbiato, magari era perfino felice.

E quindi?

Nulla! Io purtroppo sono un asino moderno, asino e basta.

Un asino senza ambizione, un asino che attende la fine della giornata con momenti di tristezza e istanti di rabbia.

Il lunedì poi mi vengono tutte le malattie immaginarie possibili.

È sufficiente che sia punto da una zanzara e fino al martedì, alle volte al mercoledì, sono convinto di avere il morbillo.

È ora di merenda.

Io, come qualsiasi asino, non so vivere di lunedì quando invece dovrei prendere esempio da alcuni colleghi: una signora ha, infatti, preparato un cesto di vimini con tantissime cose prelibate.

Nell'ufficio a fianco al nostro uniscono quattro scrivanie e posano una tovaglia a quadri: si tratta di un picnic in piena regola.

L'accesso è riservato solo ai commerciali, cosa che io non dovrei essere... nel dubbio mi avvicino, ma una pinzatrice in piena fronte mi fa capire di desistere.

Guardo dal vetro sbavando: hanno preparato panini saporiti con salame nostrano, vino sangiovese di qualità superiore con tredici gradi... dolci di ogni grazia divina.

Mi viene anche qualche timore: la carne dell'asino, infatti, è buonissima e, come quella del cavallo, quando trattasi di animali giovani e ben nutriti, viene già largamente consumata e usata nella confezione di salumi.

Non vorrei che qualcuno decidesse di mangiare il salame d'asino.

Come ogni picnic che si rispetti arrivano le formiche, ma solo esclusivamente sulla mia scrivania che non ha visto il cibo.

Ho fame, ho davvero fame e allora vedendo i colleghi che sbafano quelle prelibatezze mi devo distrarre.

L'unico modo è cantare e servirebbe una canzone adatta per il lunedì:

«Tutta la vita come un asino e alla fine niente neanche una carota di pensione be quel giorno ero scappato... ero sullo stradone che porta in città ed ero nero ma nero...».

Mi sa che sia una canzone dei Ricchi e Poveri ... « Ma di un nero... e pensavo tra di me...un asino no un asino no... non è non è intelligente...».

Se ci sono i Ricchi e Poveri oggi mi sa di essere un asino anche povero…

Quante canzoni possono avere venduto?! Quanti dischi con questa canzone?!

Cioè uno si sveglia e si alza appositamente per andare in centro e comprare questa canzone?! Magari fa freddo e piove?!

Tuttavia è lunedì e la canzone deve proseguire con i miei ragli tristi e rabbiosi.

«Credo chi è che li porta i-o'… il pane, la pasta, le botte di un mostro… chi è che li porta i-o'… il pane, la pasta, le botte di un mostro… le zucche, i carciofi, le arance, i meloni… chi è che li porta i-o'… il pane, la pasta, le botte di un mostro… le zucche, i carciofi, le arance, i meloni…la terra, le pietre la legna il carbone… chi è che li porta i-o'.i-o'…»

Basta non ce la faccio più, la canzone non la termino.

Mi spiace ma non ce la faccio.

Ho appena notato che "i-o'.i-o'" è il verso dell'animale e nello stesso tempo indica la prima persona singolare… un lampo di genio oppure una pena totale.

Il lunedì sera, ogni lunedì sera, appena davanti alla porta di casa, ricordo… di aver dimenticato le chiavi e quindi vorrei spaccare tutto.

Così, sempre come ogni lunedì, posso decidere se dormire sul pianerottolo oppure cercare di entrare e oggi, complice la testardaggine dell'asino, decido di provare a entrare: scelta sbagliata ovviamente!

La cena, se mai riuscirò a entrare, sarà vomitevole; il letto sporco e scomodo e il sonno nervoso, tuttavia il pianerottolo è molto insidioso.

Lunedì scorso, infatti, mentre dormivo rannicchiato, è passata la vedova Mantegacci che portava a fare un giro il suo amico briciola, che è piccolo in tutto tranne che nei bisogni corporali.

Si è svuotato totalmente su di me identificandomi, evidentemente, in una toilette per vecchi cani.

Oggi così decido entrare ma come ancora non so.

Ci sarebbe ancora l'opportunità di dormire dalla vicina di casa ma ogni cosa ha un prezzo.

Eleonora è una mia vicina di casa brutta, ma davvero brutta. Così brutta che se è ferma in attesa dell'autobus c'è sempre qualcuno che dice «È vietato lasciare i rifiuti fuori dal cassonetto! ».

Tuttavia, pur essendo un cesso vecchio e sporco, ha la pretesa di credersi la dea del sesso.

Dunque se io decidessi di chiedere ospitalità a Eleonora, lei vorrebbe in cambio, cosa che ha già fatto, prestazioni sessuali ad altissimo livello.

Non è solo orrenda…ma è davvero esigente.

Io non me la sento perché l'ultima volta, dopo essermi intrattenuto con lei, non avevo la forza di camminare, altro che prostatite.

Allora per dormire solo un'ora da lei, poiché il resto della notte dovrei ricambiare l'ospitalità, preferirei appunto dormire sul pianerottolo… lasciamo stare.

Mi rimane così l'opportunità di entrare la casa forzando la porta oppure la finestra.

Un altro giorno della settimana potrei avere le mie chiavi, belle, scintillanti ma il lunedì è davvero impossibile. Che tristezza!

Esco dal portone condominiale e mi reco sul retro del palazzo, la parete è ricoperta da edera che mi permette di arrampicarmi facilmente; in pochi minuti sono al piano del mio appartamento, il secondo, e così salto sul balcone.

Devo rompere, nuovamente, il vetro della finestra, cosa peraltro avvenuta una trentina di volte in un anno, per poter entrare.

Appena spaccato il vetro sento un urlo di una vecchia e così ricordo di abitare al terzo piano e non al secondo.

Così prima prendo due bastonate con la scopa, la vecchia si scaraventa su di me inveendo; dopo di che interviene il marito, ex pugile ancora in forma, e con un jab mi scaraventa giù dal terrazzo.

Di lunedì l'asino che è in me avrebbe accettato anche una fine più misera ma il fato decide di farmi restare appeso all'edera e, dopo essermi liberato, ritento.

A dire il vero, il fato è un po' bastardello poiché se fossi caduto di sotto, avrei smesso di soffrire invece devo sopportare ancora.

In poco tempo, seppur dolorante, eccomi sul mio terrazzo. Sono finalmente in casa.

La casa dell'asino.

Sì, la mia casa andrebbe bene per un asino al quale bastano tre pareti con dello spazio sufficiente per rimanere all'asciutto e protetto dal vento. Un capanno o un piccolo granaio vanno benissimo e la mia casa è poco più.

Se ci fosse un asino, davvero dovrei mettere sul fondo della paglia per renderglielo comodo e caldo, specie nei mesi più freddi e in questo il mio letto è peggiore del giaciglio del simpatico asinello.

A guardare il letto forse era davvero più accogliente il pianerottolo, forse è meglio pensare alla cena.

A proposito qual è la cena per un asino qualsiasi?

Il cibo migliore è quello naturale: agli asini piace brucare per cercare le erbette che amano di più. Amano mangiare e brucherebbero tutto il giorno, ma bisogna fare attenzione a non farli ingrassare troppo.

Non credo sia il mio caso, non ho nulla da mangiare il lunedì.

Le carote sono l'ideale, come gli scarti delle verdure e i biscotti secchi.

Beato! Io mangerei volentieri carote, anche solo scarti di verdure ma non ho nulla al limite un po' di muschio sopra allo scaldabagno.

Figuriamoci i biscotti secchi. La cosa che somiglia di più ai biscotti è del polistirolo; oggi non credo che arriverò a tanto.

Gli asini amano leccare i blocchi di sale… ecco ho appena trovato la cena.

Mangio tre cucchiai di sale grosso da cucina e per stasera sono a posto.

Prima di dormire mi devo lavare o, almeno, mi dovrei lavare, ma non ci provo neppure so che non c'è acqua: il lunedì è impossibile averla.

A questo punto potrei non lavarmi ma rimango asino testardo e penso che in fondo un metodo ci dovrà pur essere di lavarmi senz'acqua.

Ci sarà! Ci sarà?! Ci sarà???

Come potrei lavarmi senza acqua?

Ma sì, è semplice… basta usare un liquido qualsiasi e di certo sarà meglio che essere sporco.

Ho del vino; mi lavo con il vino… vino rosso.

Shampoo con vino rosso e così tutto il corpo. Sei fiaschi, di quelli impagliati e sono bello pulito.

A dire il vero né bello né pulito… ho odore di vino, forte acro… sembra vino vomitato.

Mi è successo altre volte ma di solito utilizzavo il vino bianco, puzzavo meno.

Vuoi mettere un bidet con del Tavernello?! Non c'è paragone… questo è chianti… in teoria sarebbe un vino migliore ma un peggior shampoo.

Porca vacca! Mi ero ripromesso di comprare l'asciugacapelli ma non l'ho fatto; ora sono senza e tenendo i capelli bagnati sono sicuro di ammalarmi.

Ci vorrebbe del vento oppure qualcosa del genere.

Ho un'idea brillante: userò la moto.

Scendo velocemente in strada e senza casco prendo la moto: spero di asciugarmi i capelli velocemente per tornare in casa e dormire ma dopo cento metri le forze dell'ordine mettono fine alla mia triste impresa.

«Buona sera, signor colonello» credo di essere spiritoso.

L'appuntato guarda il collega e certamente, da quello che afferma, ha percepito l'odore di vino aroma vomito: «Un altro ubriacone che stanotte non tornerà a casa».

La moto me la fanno lasciare lì, forse è troppo faticoso o complicato sequestrarla, mentre io vengo accompagnato in cella.

Dopo tutto non è andata male, il letto è spartano, ma pulito.

Dormirei anche bene e volentieri se non fosse per un piccolo particolare.

Piccolo per modo di dire: in cella con me trovo un omone di due metri per almeno cento cinquanta chili che canta tutta la notte come Aretha Franklin.

Cioè canta sia le canzoni della regina del soul, Aretha Louise Franklin, sia con la stessa voce.

«If you see me walking down the street
And I start to cry each time we meet
Walk on by, walk on by
Make believe

That you don't see the tears
Just let me grieve
In private 'cause each time I see you
I break down and cry
And walk on by (don't stop)
And walk on by (don't stop)
And walk on by».

E così via per tutta la notte; oltre cento canzoni.

Non mi disturba dormire canta davvero bene e questo potrebbe accompagnare il sonno. Il mio timore è invece il fatto
che mi osservi da vicino con trasporto. Sembra innamorato.
Ha un bicipite come la mia coscia.

A questo punto perché ho evitato di fare sesso con la mia
vicina di casa orrenda non vedo perché dovrei cedere a un
compagno di cella… lo osservo terrorizzato mentre lui continua con il suo repertorio.

Termina la canzone. E mi fissa.

Mi fissa con sguardo di trasporto e si spoglia nudo completamente.

Scopro con terrore che il bicipite non è la cosa più grande
in suo possesso.

Si avvicina e proprio nel momento peggiore della mia vita
sento un rumore sulle sbarre della cella: hanno deciso di
liberarmi ed evidentemente è finito il lunedì.

Appena giungo sotto casa, sfogo la mia ira funesta contro
una piccola un'auto in sosta e la prendo a pugni… forse, a
guardarla bene, è la mia.

Martedì da lombrico, l'invidia.

Il martedì è peggiore del lunedì.

Lo so, è difficile da credere, ma può succedere.

Questo perché se è vero che l'asino del lunedì, che è dentro me, è contro tutto, contro ogni cosa tanto da opporsi con testardaggine a qualsiasi cosa, il martedì diventa, si trasforma, in un verme, meglio, in un lombrico, e subisce passivamente ciò che accadde senza tentare di fare nulla.

Neutro, il nulla del nulla, salvo essere invidioso verso gli altri che, certamente, sono migliori di me.

La voce, che sento internamente, incalza ogni momento, per tutto il martedì, per ventiquattro ore: «Francesco, Francesco... vieni a pescare con noi, ci manca il verme».

Perché non posso essere amo, canna da pesca, pescatore o pesce, invece di verme?!

Il lombrico ha una sua importanza nella catena della vita, una sua dignità.

Io, il martedì, sono il peggiore dei lombrichi, quello inutile, quello senza spazio neppure nella catena alimentare.

Come il lombrico, a prima vista, quando mi sveglio il martedì sono irriconoscibile; non si sa dove sia la mia testa e dove i piedi.

Così, per me, l'ambiente che mi circonda: non lo trovo ostile come il lunedì ma inutile e tutto uguale.

Di solito il martedì, appena sveglio, non so neppure riconoscere il water tanto che è possibile che io usi la poltrona a tale scopo e, dopo innumerevoli martedì, la situazione si faccia davvero insostenibile.

La mia poltrona preferita, o meglio quella che lo era, è un cumulo di letame, alta come un vulcano, dove ho la pretesa di appollaiarmi ogni martedì credendo che sia un water.

Per fortuna non ho ospiti: vorrei vedere una vecchia zia che sorseggia del tè a casa mia mentre titubante chiede con il suo impeccabile accento inglese: "Caro nipote, come mai quella poltrona è piena di merda?!".

Il genere Lumbricus comprende circa settecento specie di anellidi terrestri della sottoclasse oligochaeta, tra i quali alcuni dei lombrichi più diffusi in Eurasia e Nord America.

Io sicuramente sono una sottoclasse della sottoclasse oligochaeta anche se non so cosa sia; comunque l'ultimo dei lombrichi. Il settecentounesimo!

Quando sono davanti allo specchio per radermi, o avrei idea di farlo ogni martedì, desisto dal proposito perché riflesso allo specchio non vedo nessuno. Vorrei essere un'altra cosa qualsiasi, sono invidioso di qualsiasi altra creatura.

Forse non c'è lo specchio, probabilmente sto osservando da un'altra parte, magari la distrazione, come l'invidia, è tipica dei vermi.

Avete mai visto un lombrico con la barba?! Chissà che rasoio utilizzano i lombrichi? Sono sempre sbarbati a dovere.

Non mi vedo vecchio come il lunedì, semplicemente non esisto.

Il martedì non sempre uso l'autobus che attraversa Mantova per andare in ufficio, solo perché mi lascio trasportare da ciò che accade: una volta rubo una bicicletta, una volta faccio l'autostop, una volta giungo in ufficio e poco dopo sono sbattuto fuori poiché non è il mio... il martedì il lombrico vaga senza sapere dove andare e non sa mai se è arrivato oppure sta partendo.

Vi assicuro che pedalare per un lombrico è davvero un'impresa memorabile.

Come potrebbe un lombrico impugnare saldamente il manubrio?! Come mai riuscirebbe, sempre il lombrico di prima, a pedalare?!

A dire la verità non tutto quello che riguarda i vermi va visto come una cosa negativa. Mi viene in mente ad esempio Il Teatro Dal Verme. Il Teatro Dal Verme è uno storico teatro di Milano. Un tempo era un attraente teatro lirico e vi si tenevano dibattiti politici. Oggi è utilizzato per concerti di musica classica e proiezioni cinematografiche. Mette a disposizione un vasto panorama di musica classica, sinfonica, rock e jazz. Gente illustre quindi al teatro Dal Verme.

È capitato a molti, per non dire tutti, di alzare un vaso con dentro magari dei gerani, gerani secchi, e vedere un lombrico in movimento. Va bene, va bene... a chi non ha mai alzato un vaso, non è capitato, ma non cerchiamo il pelo nell'uovo.

Il martedì, quando finalmente mi trovo in ufficio e qualcuno apre la porta io sono quel lombrico in movimento sotto il vaso dei gerani, mi agito mi muovo, faccio finta di fare qualcosa ma non so cosa dovrei fare e così improvviso.

È difficile far finta di fare il mio lavoro quando non conosco cosa dovrei fare; se non fai attenzione, non capisci neppure se sia la testa o la coda del lombrico.

Vedo oggi, diversamente da ieri, dei numeri e quindi potrei essere un contabile, ma è solo un'ipotesi.

Comincio così a declamare le tabelline, ma quelle facili fino al tre: «Tre per due... sei, tre per tre ...nove» i vicini di scrivania mi osservano incuriositi.

Mi guardano con stupore perché dico cose assurde oppure perché loro non conoscono le tabelline? Magari mi stanno ammirando pensando che io sia davvero intelligente.

I caffè sono numericamente inferiori a quelli del giorno precedente e anche la fame si fa sentire in modo differente.

A dirla tutta non si fa neppure sentire; i lombrichi infatti ingeriscono grandi quantità di suolo, geofagia, e si nutrono principalmente di residui organici che si accumulano sulla superficie del suolo, come lettiera e sterco.

Che poi è quanto accade sulla mia, ormai tristemente famosa, poltrona.

Il martedì non mi preoccupo mai di cosa portare per pranzo, mi nutro di quel che trovo; cioè nulla e sono invidioso di quello che hanno gli altri.

Se fossi in natura, potrei vivere di caccia o pesca, magari di agricoltura invece essendo in ufficio è diverso. Oh no, come verme è meglio non pensare alla pesca.

A dirla tutta neppure alla caccia… non credo che un lombrico riesca a impugnare arco e frecce.

Di pseudo-commestibile ci sono le caramelle alla reception tuttavia prevalentemente scadute; sono caramelle gommose che servono per togliere le otturazioni. Le mastichi e le otturazioni vengono via, tutte.

Mi rimane il sapone per le mani nel bagno aziendale.

Noi abbiamo ancora la saponetta invece del moderno dosatore e un morso, il martedì, riempie gli eventuali vuoti di stomaco, anche se, come detto, probabilmente oggi non dovrei sentire la fame. Non è male, l'aroma è quello del pino marittimo. In questo caso però non si ratta di un pino marittimo inteso come Pinus pinaster, albero sempreverde delle coste del Mar mediterraneo, ma piuttosto di aroma Pino marittimo inteso come Signor Pino, diminutivo di Giuseppe, marittimo inteso come persona che lavora su un mercantile marittimo.

In sintesi si tratta di aroma di sudore di uno scaricatore di porto.

Quindi il mio alito sa di sudore, cosa insolita per un alito ma non certo piacevole.

Potrei anche masticare un elastico tanto per ingannare l'istinto.

Non capisco perché non ci siano i distributori di merendine, poiché in ufficio siamo alcune centinaia di persone; perbacco, non me ne ero neppure accorto, allora siamo una società importante... con centinaia di fannulloni. Fannulloni e vermi... beh almeno io.

Sono davvero curioso di sapere quale sia la nostra attività, ma il martedì non si presta ad indagini. Io sono lombrico e non saprei cosa chiedere, gli altri sono lombrichi e non saprebbero cosa rispondere.

Tuttavia il girovagare potrebbe essere consentito se fatto con discrezione.

Ecco una bella idea davvero: il martedì giro per gli uffici, con fare impegnato chiedo cose a caso senza sbilanciarmi troppo... in effetti, non so se siano miei collaboratori, miei superiori o semplici colleghi.

Come potrei dire: «hai finito quel lavoro?» se per ipotesi incontrassi un mio superiore?! Meglio rimanere sul vago, molto vago.

«Salve, per quel lavoro?» ecco così sono abbastanza vago... speriamo abbocchi.

Lui risponde: «Salve, quale lavoro?» ma non mi convince. Sarà uno che ha molti lavori?! Oppure non ne sta seguendo nessuno e dice: «... quale lavoro?!» come intendere che non ha mai lavorato?! Oppure, ultima ipotesi, è come me e sta improvvisando?!

Perché è martedì per me e pure per lui sono propenso, si dice propenso o propense? Bè tanto sono cose che sto pensando e lui non mi sente … potrei dire anche propensa… dove ero rimasto? Ah sì secondo me fa finta come me.

Perdo ancora un po' di tempo e continuo il dialogo «dai che hai capito… quel lavoro del mese scorso…».

Lui si mostra preoccupato: «Forse mi confonde… oggi è il mio primo giorno di lavoro!».

Ora dovrei dire qualcosa d'intelligente tuttavia, essendo martedì, è impossibile e il lombrico che è in me mi obbliga a dimenarmi per tornare sotto il vaso di gerani, così esplodo con una dichiarazione allucinante e allucinata: «Non se ne abbia a male, ma il nostro ufficio del personale da due anni è obbligato ad assumere persone che siano somiglianti al direttore generale più possibile e così ti ho scambiato per un altro. Hanno assunto già venti "cloni" del direttore generale». Gli ho dato del tu e del lei ma credo che in tale confusione non l'abbia notato… pare infatti spaventato.

Lo saluto con un cenno di mano e lui ricambia, anche se da lontano pare abbia alzato anche il dito medio. In effetti, almeno un po' di tempo è passato.

Non c'è più rispetto, tuttavia invidio la sua sicurezza.

E ora? Il martedì è di solito molto lungo.

Dovrei trovare qualcosa da fare, magari inutile, come fa ogni lombrico rispettabile.

Alcune specie vivono nello strato più superficiale del suolo, mentre altre scavano gallerie profonde da alcuni decimetri a oltre due metri, nelle quali trascinano detriti organici dalla superficie per nutrirsene.

Chissà a quale specie appartengo.

Dovrei essere di quelli superficiali, sono un lombrico e pure superficiale.

Se mi va bene, fra poco arriverà un uccello, intendo un volatile prima che qualcuno faccia doppi sensi, ed io sarò il suo pranzo.

Perché non potrei, come da buon verme mi verrebbe naturale, scavare gallerie devo trovare qualcosa da fare... una bella riunione, di quelle che non servono a nulla. Una buona idea finalmente.

Con chi e per parlare di cosa?

Questo non dovrebbe essere un grande problema, potrei andare sulla memoria delle mie email e inviare degli inviti a caso... ecco, sì una bella trovata. Non esiste una sola riunione al mondo che serva a qualcosa.

Nei film, quando c'è una riunione, si decide tutto: guerre nucleari, scalate a gruppi industriali, messa sul mercato di prodotti che cambieranno la vita a milioni di consumatori; nel frattempo, nelle stesse riunioni, la lei protagonista guarda il lui protagonista con occhiate affascinanti e affascinate e trasmette la voglia di fare sesso selvaggio.

Nella realtà le riunioni non servono a nulla, solo a perdere tempo.

E così poiché io ho solo del tempo, mi metto al lavoro... sempre per modo di dire!

Intanto noto, e questa è una cosa affascinante, che la maggior parte degli indirizzi email terminano nello stesso modo... mi sa di aver scoperto di cosa si occupa la società per la quale lavoro... lavoro insomma... diciamo questa società.

Gli indirizzi terminano quasi tutti in @zagorlegnami.it.

Davvero interessante, mi sarebbe sempre piaciuto lavorare per una ditta che si occupa di legnami. Magari poi va a finire che, senza saperlo, sono dipendente di questa società da molti anni.

Lo so sembrerebbe una cosa assurda, ma è giusto ricordare

che uno dei nostri ministri aveva una casa a Roma, vicino al Colosseo, e non ne sapeva nulla; io, che non sono nessuno, allora posso comodamente essere impiegato in una società di legnami senza saperlo.

Ora vediamo a chi inviare l'email... Ruggero.Patuzzo... Mauro.Lori... Katerina.Ammiroifalli... mi pare possa bastare.

No, tre sono pochi... e poi bisognerebbe vedere cosa fanno queste persone.

Ho scoperto che la società si occupa di legnami, ma io non so quale sia la mia mansione. Magari sono un falegname. Certo che trattandosi di una ditta di legnami sarebbe stato favorito, invece che lombrico, essere un tarlo.

È lo stesso... il lombrico si muove senza metà e così decido di convocare la riunione inviando un'email, ma cosa posso scrivere?

Sempre restando sul vago improvviso: «Buon giorno, ho bisogno di incontrarvi per verificare la situazione, potreste venire da me tra un'ora?!».

Risposta di Katerina: «Yes, I can». Breve ma chiara.

Risposta di Mauro: «Va bene, ma quale situazione?».

Risposta di Ruggero: «Sei sicuro che la mia presenza sia indispensabile? Perché in realtà ho molto da fare».

Ecco da un lato cominciano i primi imprevisti, dall'altro qualche informazione mi è stata data.

Il martedì non è come il giorno precedente, dove il buio totale non ti fa capire nulla; il lombrico si lascia accadere tutto addosso e finisce per diventare esca per i pesci grazie alla sua scarsa lungimiranza, ma qualcosa, di piccolo d'insignificante, percepisce.

Io, lombrico per eccellenza, intuisco almeno di non aver capito nulla.

Potrei anche appellarmi al dogma di un illustre Socrate, sempre che sia stato lui a dire questo, per dichiarare che il sapiente è chi sa di non sapere ma oggi rimarrei lombrico comunque e pertanto vado avanti con i pochi, e davvero modesti, mezzi a mia disposizione. Inoltre seppur invidioso non potrei certo essere filosofo.

Katerina, dalla risposta, dice che ci sarà, che ci potrà essere, ma è forse inglese? Dal cognome non parrebbe... potrebbe essere un mio superiore?! Forse un mio collaboratore?!

Il cognome, Ammiroifalli, sembra equivoco: potrebbe essere un hobby della signora Ammiro-i-falli?!

Chissà se li ammira davvero... i falli... e poi come li ammira? Immagino in ginocchio.

Mauro appare pignolo... forse invece è distratto? Oppure non c'entra nulla con il mio dipartimento chissà che lavoro svolge... Ruggero se è impegnato, beato lui, almeno siamo sicuri che ci tiene al lavoro... sempre che non giochi a monopoli con i colleghi d'ufficio.

A Katerina non rispondo: ha risposto « yes, i can » e quindi sarà presente.

A Mauro cosa potrei rispondere? Non sapendo qual è la mia mansione, e neppure la sua, diventa difficile esprimere qualcosa di sensato, tuttavia ho percepito, come prima descrivevo, di avere qualcosa a che fare con i numeri e quindi rispondo appunto: «I numeri» così andrà bene per qualsiasi cosa, sia che sia mio collaboratore sia che sia mio superiore; inoltre, anche se fosse di un settore qualsiasi, potrebbe essere attinente. L'ufficio commerciale potrebbe essere interessato ai numeri, così l'ufficio del personale, così la direzione e, meglio ancora, la contabilità...

Arriva immediata la risposta: «Belin, allora va bene... a dopo».

«Belin?!? Cosa significa?» forse Mauro è straniero come Katerina?! Fosse giovedì o venerdì capirei tutto ma, purtroppo, martedì appare impossibile.

Anche a Ruggero rispondo pensando che se fossimo di più potrei meglio confondere le acque: «Se vieni è meglio, grazie».

A pensarci bene non so se sia il caso di dare del "tu" oppure del "lei", ma oggi pochi fanno attenzione a questo dettaglio. Figuriamoci il sottoscritto.

Ruggero, come Mauro, risponde immediatamente: «Cerco di passare il lavoro ai miei collaboratori e ci vediamo dopo». Oh perbacco, Ruggero ha dei collaboratori... quindi abbiamo scoperto che si tratta di un responsabile.

Ricapitoliamo: tra poco c'è una riunione sui numeri dove c'è una straniera ninfomane, uno straniero pignolo, un responsabile... e un lombrico, cioè io. Provo invidia per gli altri così sicuri della loro posizione... vorrei essere come loro ma ora è tempo di pensare alla riunione, cosa posso preparare?

«Un grafico!» Sì, ottima idea. I grafici sono importanti. Su cosa? E fatto come?

Non vorrei diventare pignolo come Mauro.

Traccio una riga che va in su poi un po' in giù... ecco il grafico, anche se non so a cosa possa mai fare riferimento.

Riassumiamo ancora: abbiamo una che si chiama "Ammiro-i-falli" che poi potrebbero essere anche grossi. Che lavoro potrà mai fare questa adoratrice fallica?

Sarà una specie di passatempo per dirigenti? Una sollazzatrice per soli uomini? Un'ex pornostar convertita a segretaria? Bene, mi sono convinto: la signorina la metteremo sotto i tavoli.

Mentre la signorina farà la conta, sotto la scrivania, per vedere chi sollazzare, io illustrerò un mio grafico che anche se sarà farlocco non avrà importanza.

A tal proposito mi viene in mente che i lombrichi di alcune specie tendono ad avere dimensioni fino a venticinque centimetri di lunghezza come i lombrichi terrestris ... ed io invece... mi sa che sono di un'altra specie perché io a venticinque centimetri non ci arrivo... lasciamo stare, pensiamo alla riunione che è già orario.

Entra un personaggio distinto che mi saluta «Ciao Francesco».

Sarà Mauro o Ruggero? Il martedì non riconosco nessuno, non ce la posso fare... potrei dire ciao e null'altro, invece voglio strafare: «Ciao Ruggero».

«Belin sei già ubriaco a quest'ora?!» evidente che sia Mauro.

«Ciao Mauro... scherzavo» ma sono poco credibile. In effetti, mi sa che "Belin" sia un'esclamazione ligure e non straniera; a conferma mi trovo davanti gli occhi azzurri di Mauro che ricordano il meraviglioso mar ligure.

«Com'è che hai indetto questa riunione chiamando anche il direttore generale?».

Quindi Ruggero è il direttore generale, è evidente: « Sì, ho chiamato il direttore generale e anche quella pompinara della Ammiro-i-falli».

«Non ho capito... sembra quasi che parli di due persone diverse. Sai benissimo che Katerina è il direttore generale».

Cavolo! Allora Ruggero non è il direttore generale e ho appena dato della pompinara al direttore generale della Zagor Legnami spa.

«Scherzavo ancora» Mauro è simpatico e ispira fiducia ma mi scruta con aria dubbiosa.

Entra un altro simpatico personaggio e Mauro subito lo saluta «Ciao Ruggero».

«Ciao ragazzi» anche Ruggero sembra simpatico e una brava persona, ma come faccio a non ricordare.

Non so per quale alchimia, ma come Mauro fa subito pensare a Genova al suo mare azzurro, a "Zena" , alla marineria, al commercio, addirittura al simbolo "fisico" della città, è il suo faro, conosciuto come La Lanterna, all'Euroflora e persino a Cristoforo Colombo. Così Ruggero fa immediatamente pensare a Mantova, agli scorci monumentali, alle corse di belle ragazze sul lungo Mincio, ai tortelli con la zucca.

Lavoro qui da anni e il martedì non saprei riconoscere nemmeno un parente stretto, eppure, vedendomeli davanti, ho una visione nitida e incredibile. Mauro è Genova e così Ruggero è Mantova.

«Di cosa dobbiamo parlare?» chiede Ruggero.

In effetti, non ho idea e, prima che possa dire qualsiasi cosa, entra una donna.

Eccoci al completo, la donna è più giovane dei due uomini ma certamente più antipatica.

Non sarebbe neppure una brutta ragazza, avrà venti anni meno di me, ma per me la simpatia è la prima cosa.

È molto boriosa, piena di sé e vedendola non mi dispiace aver detto certe cose di lei, anche se, sempre per certe cose, bisogna saperci fare; la poveretta non potrebbe fare un pompino neppure ad una candelina di compleanno.

Vedendomela davanti, in effetti, non vedo nulla, nessuno; chissà come fa ad essere direttore generale così giovane, avrà venticinque anni e neppure sei mesi d'esperienza.

Mauro è Genova, Ruggero è Mantova, Katerina è nulla... non vedo nulla.

Per essere preciso vedo boria, arroganza e presunzione ma null'altro. Non potrei capire davvero quale sia la sua provenienza. Potrebbe essere di New York oppure di Sidney... Non so davvero, non mi trasmette neppure un piccolo impulso.

«Spero che non mi farai perdere tempo» dice con accento straniero e con tanta, ancora, arroganza.

Non so spinto da cosa mi lascio scappare: «Per voi svizzeri il tempo è denaro».

«Io non essere svizzera! Ti vuoi prendere gioco di me?!» con tono ancora più arrogante, mentre Mauro e Ruggero si gustano la scena di un probabile licenziamento. Mauro strizza l'occhio a Ruggero.

«Intendevo svizzeri per precisione, la famosa precisione svizzera» cerco ora di stemperare.

«Volere dire che noi lituani no precisi?!» afferma ora con odio.

La ragazza non mi trasmette nulla, forse perché non ho mai visto la Lituania?! Forse è perché non provo ammirazione per lei come per Mauro e Ruggero?!

Non so, ma mi perdo dietro ai miei pensieri mentre tutti attendono che dica qualcosa d'intelligente. Cosa impossibile.

Interviene Mauro: «Arriviamo al dunque: qual è l'argomento?! Portate pazienza, ma io ho poco tempo devo pensare all'iva».

Da un lato mi salva dal probabile licenziamento dall'altra m'invischia poiché non so davvero di cosa parlare. E poi chi sarà questa "Iva" forse la moglie di Mauro?

È evidente che la riunione debba avere un argomento e dunque improvviso, ma stando sul vago: «La riunione è sull'andamento!».

Così vittima della mia stupidità appena pronunciata la parola "andamento" mi metto a cantare e ballare una strofa di Tullio de Piscopo:

«Scivola
Come un'onda libera ti porta via
Andamento lento questa melodia
Risonanze nere senza ipocrisia
Andare un po' più su
Vieni, vieni con me
E vieni, vieni con me
Alelai alelai alelai
Vieni appresso a me
Show me show me the way
Show me show me the way
Alelai alelai alelai alelai bum bum».

Mi guardano, si guardano un poco spaesati.
«A cosa ti riferisci in particolare visto che tu sei della teso-reria, Mauro è fiscale ed io del personale?» Chiede Ruggero ma prima che risponda aggiunge «Balli come un cretino, ma canti peggio».
Perbacco… grazie Ruggero mi hai salvato. Con questa do-manda, infatti, Ruggero mi ha svelato, meglio solo ricordato giacché se fosse venerdì, sarei più sveglio, quali sono i nostri ruoli.
Sono un tesoriere!
Forte, davvero forte… peccato che mi sfugga cosa mai pos-sa fare un tesoriere.
Forte di questi elementi allora vado avanti recitando con im-provvisazione mentre osservo lo sguardo dell'Ammiroifalli che sembra furioso: «Siccome ho preparato la situazione di tesoreria e mi ha preoccupato, volevo chiedere aiuto a voi

dal punto di vista fiscale e del personale» forse ho detto una cazzata ma tentar non nuoce.

Si guardano, mi guardano e penso fosse meglio giocare a tetris tutto il pomeriggio come faccio ogni santo martedì. Peccato che me lo sia ricordato solo ora.

Purtroppo il lombrico che è in me, sempre il martedì non si controlla incorporando materiale organico nel suolo, sminuzzandolo e accelerandone la degradazione da parte di organismi più piccoli, contribuisco ai processi di decomposizione, e favorisco la stabilizzazione della sostanza organica del suolo con le loro attività di scavo e la produzione di aggregati stabili nelle feci: insomma faccio solo delle cagate, tanto per farla breve!

Tuttavia lo sguardo della Ammiro-i-falli, si mitiga e appare più serena: «Dunque capiamo insieme: tu vedi tesoreria mancano un po' di soldi e quindi chiedi a Mauro se possiamo pianificare di pagare meno tasse e a Roger se possiamo risparmiare da personale?! Yes?!» quasi sembra contenta e noto che Ruggero appare quasi eccitato per essere stato chiamato Roger.

Aggiungo che ha anche la cerniera aperta, ma evidentemente si tratta di un disguido tecnico.

Rispondo ora più disteso: «Giusto signora Katerina». Intanto capisco, da quello che ha detto l'ammiratrice, che la tesoreria ha a che fare con i soldi.

Sorride: «Ottima idea tesoriere! Partiamo da Mauro».

Mauro mi guarda come dire, ma se ti facevi gli affari tuoi poteva leggere l'articolo di spalla sulla campagna acquisti del Sampdoria, tuttavia finge di dire qualcosa di credibile: «Infatti sto studiando da almeno dieci giorni come pagare meno tasse e ho trovato due o tre soluzioni!».

«Bene, sentiamo» esclama Katerina. Katerina è un nome tenero che mal si addice all'Ammiroifalli.

Mauro non ha preparato nulla ma è evidente che sia consapevole delle scarsissime capacità del direttore generale e così esagera: «Se prendiamo l'ICI dell'anno scorso paragonato con l'IMU tenendo conto dell'aliquota dell'IRAP si desume che la TARSU non vada inclusa nella TARI ma metà nella TASI... mi appare ovvio. Mentre il TUC riduce sensibilmente l'IRPEF».

Ruggero mi guarda come dire ora parte uno schiaffo mentre invece Katerina sembra persa e sussurra: «Dunque essere cosa buona?».

Mauro rassicurato dal fatto che lei non capisce una beata mazza, va avanti a vele spiegate come sul mare davanti al golfo ligure in una giornata primaverile: «Cosa buona e giusta, o Katerina; il risparmio sarà almeno del sedici per cento».

«Bravi, bravi davvero» dice Katerina guardando Ruggero e poi aggiunge «E Roger cosa c'entrare allora?».

Ruggero, evidente che questo nome Roger sia per lui come il viagra, appare da subito sicurissimo «C'entro eccome! Per le applicazioni delle tasse di cui ha parlato Mauro è necessario aumentare gli stipendi dei responsabili del dieci per cento, e poi almeno, altrimenti il montante non si raggiunge e quindi il risparmio del sedici per cento non si raggiunge». È tanto eccitato che quasi le salta addosso.

Silenzio.

Ci guardiamo tutti e poi ancora silenzio.

Ruggero pare attenda un segnale per togliersi i pantaloni.

Ammiro-i-falli esclama: «Ok, preparate moduli che io firmo; aumentare vostri tre stipendi così risparmiare sedici per cento tasse» è convinta.

Esce dall'ufficio mentre ancora esclama: «Ora io telefonare

Lituania per comunicare risparmio, così anch'io avere aumento» e va via che pare unta.

Non ho capito perché lei è qui e non ho capito neppure perché è direttore generale, potrà davvero essere direttore generale una ragazza di venticinque anni?

«Ha un'ottima cultura ed è medico chirurgo ma non ha la minima esperienza nella gestione di aziende nel settore del legno. Perché è qui?! » afferma dubbioso Mauro.

Con rassegnazione prosegue Ruggero: «A dire il vero ha ancora ventiquattro anni».

Il settore del legno è particolare. Per essere direttore generale è necessario conoscere il mercato del legno, avere una grande esperienza in materia.

Abbiamo dei commerciali furbi che sanno tutto sul legno e quello che fanno di sbagliato per l'azienda risulta poi a loro favore.

A quanto pare il lombrico ha qualcosa di buono: per i miei molteplici effetti sulla struttura fisica e il funzionamento biochimico del suolo ho una notevole importanza ecologica.

Ruggero propone: «Allora stasera andiamo a festeggiare... siamo fortissimi».

Anche Mauro è d'accordo: «Magari potremo andare a cena con tre ragazze... chiedo al marketing?» Non so se stia scherzando oppure no.

Purtroppo il martedì rimane del lombrico, quindi niente ragazze.

I lombrichi sono ermafroditi insufficienti.

Alcune specie possono riprodursi asessualmente rigenerando le parti mancanti nel caso in cui il corpo sia spezzato in due parti.

Il martedì niente ragazze: «Scusate ma io il martedì non ce la posso fare... non possiamo cambiare giorno?».

Mauro risponde prontamente «Ok organizzo per giovedì sera».

Ruggero si accoda: «Per me va bene, però invita la "rossa" che mi piace tanto».

Nel corridoio si fermano e Ruggero chiede a Mauro «Ma scusa... non possiamo uscire lo stesso stasera?! Se abbiamo tre ragazze invece che due va bene uguale! ».

Mauro è dello stesso parere «È la prima cosa intelligente che sento... a dire il vero anche l'aumento di stipendio non è male».

Usciranno, faranno sesso sfrenato mentre io, essendo martedì, andrò incontro a una misera serata.

Io sono sorpreso ma contento: per essere martedì è andata alla grande! Ho scoperto di essere il tesoriere, anche se non so bene quale sia il compito di quest'ultimo, e poi ho avuto, abbiamo avuto, un aumento dello stipendio.

A pensarci bene potevo anche andare fuori con Ruggero e Mauro. Pazienza.

Provo invidia per la loro sicurezza.

Sono le sedici e trenta.

A questo punto devo passare il tempo e per questo mi reco nei bagni a scrivere cose oscene sulla Katerina.

Arrivato nei bagni trovo però una sorpresa: sono già pieni di scritte che descrivono le capacità della Ammiro-i-falli. Si vede che ha commesso soprusi con molti.

È ormai sera e mi accorgo che il single non è per scelta e se è per scelta, nel mio caso, si tratta di una scelta altrui.

Facciamo il punto della situazione.

Io il martedì sera avrei incontrato due cari amici, il fiscale dottor Lori che si trasforma nel guascone e simpaticissimo Mauro e l'integerrimo dottor Patuzzo che si sarebbe trasformato nell'erotomane Roger ed io che faccio?! Vado a casa da solo?!

In più Mauro avrebbe portato tre ragazze favolose? Lascia stare che le avrei dovute pagare io … ok, d'accordo eticamente discutibile… ma cosa mi aspetta invece?

Entro in casa e ho paura, così da buon lombrico striscio.

Sì, quando arrivo a casa comincio a parlare da solo: un po' per farmi compagnia e un po' perché ho paura.

Il martedì mi sento davvero solo, triste… chissà se i lombrichi soffrono di malinconia?

Il martedì sera solitamente mi fa compagnia una bambola gonfiabile.

No, non bisogna pensare male… è solo per compagnia e poi in realtà non è una vera bambola gonfiabile ma più una madame du voyage.

Centinaia di anni fa la madame du voyage era una donna di stoffa, un fantoccio, che accompagnava i ricchi signorotti in viaggi lunghi in carrozza: all'epoca in effetti la utilizzavano per tutti gli usi. Anche quello là.

Io no!

La mia madame du voyage è un fantoccio che ho fatto da solo.

La testa è un pallone sgonfio "super tele" giallo a macchie nere. Ho disegnato il viso sorridente con un pennarello rosso indelebile.

Per i capelli ho incollato la saggina di una vecchia scopa.

Una mia maglia imbottita, una gonna credo di mia nonna, e tutto il resto di fortuna.

Sembra la brutta, bruttissima parodia della lady di ferro Margaret Thatcher, ex primo ministro inglese.

La solitudine è davvero brutta.

Lo so è inconcepibile: i ragazzi sono fuori a divertirsi.

Mi pare già di vedere Roger appartarsi con le due più lussuriose... a proposito ma Ruggero non era sposato?

Metto la musica e lei è seduta di fronte a me; ceniamo insieme e tra l'altro apprezza la mia cucina e poi guardiamo il fantastico mondo di quark. Il programma proponeva dei "viaggi nel mondo della scienza", costituiti da documentari e animazioni con chiarezza e semplicità, con l'obiettivo di portare la scienza e la tecnologia alla portata di tutti. L'intenzione, dichiarata dal conduttore, era quella di "puntare alla più alta soglia dei contenuti con la più semplice soglia del linguaggio. È in quel varco che possono entrare pubblici numerosi e diversi."

Perché descrivo con dovizia di particolari? Un attimo di pazienza.

Come spiegato da Piero Angela nella prima puntata del programma, il titolo riprende il nome di una particella fondamentale della materia:

Il titolo *Quark* è un po' curioso e lo abbiamo preso a prestito dalla fisica, dove molti studi sono in corso su certe ipotetiche particelle subnucleari chiamate appunto quark che sarebbero i più piccoli mattoni della materia finora conosciuti. È quindi un po' un andare dentro le cose.

E ancora perché queste annotazioni?

Perché se è vero che è pallossimo già di suo, io ho le puntate tradotte in lituano... infatti, mi viene in mente giacché ci avviciniamo alla metà della settimana, che io per puro servilismo desidero imparare il lituano, lingua del direttore generale.

Lingua e Ammiroifalli: binomio vincente.

A proposito di lingua... il triste che Roger, mantovano Doc, si starà sollazzando a più non posso... ma anche Mauro non si risparmierà.

Io invece da buon lombrico a seguire un programma sulle particelle di molecole in lituano in compagnia della bambola gonfiabile confezionata da me personalmente.

Triste.

La bambola è interessata più di me al programma: con i suoi occhi storti fissa, infatti, lo schermo.

In fin di serata sono sicuro che avrà appreso più lituano di quanto potrei aver fatto io in un anno.

Poi dopo i rispettosi saluti eccoci appartati in camere separate.

Mi viene in mente un quesito interessante: come può, e perché, una società Lituana acquistare una ditta di legnami lombarda?

Cosa c'è dietro la Ammiro-i-falli?!

Perbacco che sviluppo interessante.

Dunque se il direttore generale è in ginocchio ad ammirare-i-falli e nello stesso tempo ha pure qualcosa, o qualcuno, dietro, si passa alla depravazione.

A proposito di depravazione, Ruggero e Mauro si staranno recando a casa esausti. Beati loro.

# Mercoledì da castoro, l'avidità

Il mercoledì è sempre, in ogni caso, laborioso e molto produttivo.

La giornata parte con slancio: mi sveglio prima della sveglia e, addirittura, faccio ginnastica, sette chilometri di corsa. Mi sembra di essere un'altra persona.

Dopo la corsa non sono per nulla stanco anzi, sono tonificato; il mondo mi sorride e la testa è piana di progetti ben articolati che consentiranno alla società dove lavoro di migliorare e diventare sempre più solida e prospera. Tutto questo garantirà futuro ai colleghi e a me, alle famiglie ed anche all'indotto.

Penso positivo!

Mi rado perfettamente mentre mi preparo mentalmente alla giornata lavorativa.

Oggi so di essere un tesoriere. Il tesoriere è colui che gestisce i rapporti con le banche, per una società di grandi dimensioni.

È incredibile ma sono informato di ogni particolare del mio lavoro a della società per la quale, amorevolmente, lavoro. Sono però molto geloso del mio lavoro e non vorrei mai dividere i miei meriti con altri. Sono avido di successo.

Siamo novecentonovantanove dipendenti. La società verte purtroppo in cattive acque, ma non c'è nulla che non si possa correggere con buona volontà e tanto impegno lavorativo. Dobbiamo, però, fare in fretta, altrimenti la Zagor Legnami sarà essere costretta a licenziare delle persone.

Il mercoledì sono un castoro, un castoro tesoriere.

Il castoro è generalmente monogamo. La femmina partorisce una volta all'anno, solitamente da due a quattro piccoli. I castori sono animali sociali. Nelle zone isolate, dove il cibo è abbondante, una comunità di castori comprende molte famiglie.

Il mercoledì non penso a nessuna ragazza, siccome troppo assorbito dal lavoro, ma so che se lo facessi avrei un amore, anche con il pensiero, monogamo.

Potrei avere una famiglia numerosa e mi occuperei solo di loro per farli star bene nella nostra casa contribuendo a migliorare la società.

Il mercoledì, infatti, è il giorno più equilibrato della settimana. Dovrebbe sempre essere mercoledì; la società sarebbe migliore con sette mercoledì alla settimana.

Dovrei imparare a condividere con gli altri e contribuire allo spirito di squadra, ma la mia avidità non me lo permette: i traguardi che mi conquisto con i miei meriti non voglio dividerli con nessuno.

In questo giorno si fanno tante cose e l'umore è alle stelle, forse anche perché a metà giornata s'inizia la famosa "discesa". Il mercoledì è lo spartiacque tra giornate cattive e buone, si sente già odore di festa. Magari sono pensieri dell'inconscio o forse esistono altre regole di cui non ci accorgiamo, ma comunque sia il mercoledì il giorno è proprio come dovrebbe essere.

Il mercoledì mattina mangio un pasto ricco, ma ben equilibrato, con la consapevolezza che la colazione sia in realtà il pasto più importante della giornata.

Altri giorni non saprei davvero cosa mangiare, ma il mercoledì ho le idee chiarissime.

Un mercoledì frutta di stagione e yogurt, un altro mercoledì mattina latte o yogurt con cornflakes e gallette di riso.

Il mercoledì potrei fare il dietologo, ho in mente moltissimi abbinamenti equilibrati: latte con pane integrale oppure pane da toast con marmellata e spremuta di agrumi.

La colazione del mercoledì è lontana anni luce da quella del lunedì.

Alla fermata dell'autobus giungo in anticipo e non trovo ressa.

Il mercoledì solitamente non piove, oppure piove poco; se c'è il sole non è mai troppo caldo neppure d'agosto.

Il mercoledì è sempre perfetto.

Leggo le notizie più importanti utilizzando il telefono e così arrivo in ufficio conoscendo già il cambio del dollaro contro euro, il tasso di riferimento, i prezzi del legname in genere, così importanti per la Zagor Legnami SpA.

Già elaboro mentalmente numeri che mi aiuteranno a formulare un listino prezzi, penso ad esempio alla legna da ardere come quercia meglio direi leccio, cerro, carpino.

Direi taglio cinquanta centimetri dodici euro e cinquanta al quintale mentre taglio da un metro dieci euro e cinquanta al quintale.

Dovrò incontrarmi con il direttore commerciale per stabilire, insieme a lui, il listino prezzi, ma mi presenterò con le idee chiare.

Il mercoledì sono una macchina da guerra per il lavoro e sono uno dei migliori castori.

Per il pioppo, pino, castagno penso a prezzi più bassi: taglio cinquanta centimetri nove euro e cinquanta al quintale mentre chiederò nove euro per i tagli da un metro.

Arrivando prima degli altri ho modo di preparare la situazione finanziaria e organizzarmi la giornata: nulla viene trascurato.

Solo il mercoledì mi rendo conto di avere una squadra numerosa e, forse, anche ben preparata di collaboratori. Dov'erano il lunedì e il martedì? Questo è proprio un bel mistero.

Il mercoledì ho una riunione preparata, pianificata con il Dottor Mauro Lori esperto fiscale della nostra società.

In realtà anche ieri l'ho incontrato ma si trattava di una riunione improvvisata. Ieri non ricordavo neppure chi fosse Mauro ma oggi non solo lo conosco e riconosco, ma anche lo stimo profondamente.

Il Dottor Lori più volte ha suggerito importanti soluzioni fiscali tanto da far risparmiare notevole quantità di denaro, di tempo e da poter mettere la società dalla parte della legge.

Mauro ha due palle così, professionalmente parlando.

La riunione si svolge in modo sobrio, ma efficace e alla fine troviamo anche questa volta una strategia che permetterà alla società di primeggiare sul mercato.

Il Dottor Lori è un uomo essenziale per la società, ma forse la signora Ammiro-i-falli non l'ha capito come dovrebbe oppure non vuole capire perché dovrebbe ammettere di valere meno, molto meno, di lui.

Tra riconciliazioni di estratti conto, richieste di finanziamento, riduzioni di tassi d'interesse si giunge presto all'ora di pranzo e scopro, ma capita ogni mercoledì, che non è necessario portarsi il cibo da casa in quanto è in funzione una mensa aziendale.

Una mensa aziendale dove sarei potuto andare anche il lunedì e il martedì ma evidentemente non ero conscio; Oltretutto pare si mangi divinamente.

In genere il castoro è lungo circa settantacinque centimetri e alto meno di trenta, si tratta della seconda più grande specie di roditori esistente al mondo, dopo i capibara, e la mensa della Zagor Legnami contribuisce splendidamente a assecondare le forme del castoro nutrendolo come si deve.

Sono all'ingrasso, ma questa mattina la corsa mi ha messo dalla parte del giusto.

Mi viene in mente che il mercoledì è il giorno ideale anche perché essendo castoro lavoro in un'azienda di legnami: è come trovare il paradiso.

Ruggero, Mauro ed io ci troviamo allo stesso tavolo e conversiamo amabilmente, non vediamo l'ora, però, di rimetterci al lavoro; Nel pomeriggio mi devo incontrare proprio con Ruggero, giacché ho bisogno di una nuova risorsa all'ufficio crediti.

Ruggero mi muove un'osservazione su un mio difetto: «Quando fai qualcosa con voglia, riesce proprio bene ma non vuoi condividerla con gli altri… è come se fossi avido».

Rispondo un po' seccato: «Cosa c'entra l'avidità?! L'avidità non riguarda i soldi?!»

Interviene Mauro: «Non solo, l'avidità può essere anche per la gloria…».

«Va bene, va bene… lasciamo stare, sono avido di gloria, ma gli altri non fanno nulla per meritarla».

A parte questo piccolo particolare si scherza, si ride, ma rimaniamo persone serie ed affidabili.

In questo momento di pausa siamo rilassati ma attenti: la coda del castoro in caso di pericolo viene sbattuta sull'acqua, segnalando l'allarme.

Infatti, vedo che la signora Ammiro-i-falli si sta avvicinando alla fila della mensa.

Sbatto la coda.

Una volta scelto il cibo vorrà mica venire da noi?

Siamo seduti al tavolo dei dirigenti e veniamo guardati con rispetto, forse timore e noi, con presunzione, siamo contenti di questo.

No, non siamo di quelli che se la tirano ma quando ci sono

dei casini siamo sempre nel mucchio a lottare; abbiamo salvato l'azienda da un crack finanziario, tre anni fa, e quello che abbiamo ce lo siamo guadagnato.

L'azienda di Mantova era di proprietà di un miliardario locale, ma alla sua morte il figlio, per nulla interessato, aveva dissipato tutti i suoi averi finendo quasi per fallire.

Noi tre avevamo retto tutta la baracca fino all'arrivo dei compratori lituani.

Noi eravamo felici di aver contribuito alla salvezza dell'azienda e avevamo sperato fino all'ultimo che questa società lituana ci inviasse dei validi professionisti, invece nulla.

Gli uomini e le donne inviati dalla capitale Vilnius per controllare la Zagor Legnami in realtà presto si sono mostrati poco motivati e mal organizzati e le cose sono peggiorate velocemente.

Noi siamo qui a lottare ma probabilmente questo non basterà.

Il nostro ruolo intimorisce e forse anche il nostro aspetto.

Il corpo del castoro è massiccio, il dorso arcuato e il collo grosso; le zampe posteriori sono palmate e tutte le dita sono munite di artigli. La pelliccia è generalmente marrone ed anche rossiccia sul dorso e più chiara o grigiastra sul ventre.

È un abito alla moda, ricercato... molto elegante, con cravatta sempre intonata.

Gli occhi sono piccoli e le narici si possono chiudere. Il cranio è massiccio, con creste pronunciate alle quali si attaccano i potenti muscoli associati alle mascelle.

Infatti, tra una chiacchera e l'altra rosicchiamo il cibo. I denti incisivi, di colore giallo-arancio, pur non fumando, sono come quelli degli altri roditori e si consumano più rapidamente sulla superficie interna, assumendo la forma di uno scalpello ben affilato, rivestito di smalto. Con questi denti il castoro può abbattere grossi alberi, io invece faccio paura ai funzionari di banca.

I miei denti in realtà non sono proprio arancioni, tuttavia li vorrei più bianchi.

La signora Ammiro-i-falli viene proprio a sedersi al nostro tavolo e così siamo costretti a mangiare rapidamente quello che rimane. Da buoni roditori.

Mauro si alza in piedi e saluta, peccato che continui a rosicchiare una coscetta di pollo, Ruggero s'infila nella tasca destra della giacca un panino e anche lui comincia a correre.

Non mi resta fare altro che imitarli anche se rimane chiaro che volutamente la evitiamo.

Non c'è da chiedersi perché lo facciamo: il mercoledì, contrariamente ai giorni precedenti, siamo professionisti e proprio in base alla nostra riconosciuta professionalità capiamo che il nostro direttore generale non vale assolutamente nulla.

Ancora mi vengono domande che non trovano risposte.

Come mai è venuta dalla Lituania per fare il direttore generale in un'azienda che produce legnami?

Avrà forse onorato il nome che porta sollazzando un grande capo lituano?!

No, non è un pensiero maschilista di basso livello: Katerina non sa davvero nulla per quanto riguarda i legnami. Ed è pure cattiva. Da quando c'è lei al comando si lavora peggio e il rendimento economico è in forte peggioramento. Non venitemi a dire che c'è crisi in tutto il settore del legname. Sono un castoro, ne so qualcosa.

Oltretutto lei capisce l'italiano parola per parola ma non il senso che le parole assumono insieme, perlomeno non sempre.

È molto facile prendersi gioco di lei, ma ormai non è più divertente.

Siamo già stufi di vederla e così accampiamo scuse per le quali è doveroso tornare in ufficio.

Sarebbe facile per lei lasciare in mano a noi la questione per poi anche prendersene i meriti, invece lei vuole il protagonismo assoluto.

Ad esempio nella mia area mi obbliga a fare cose senza senso e la società perde molti soldi.

Mi dice di acquistare dei dollari, milioni di dollari, solo perché secondo lei aumenteranno di valore ma immancabilmente il dollaro si svaluta e così registriamo grandissime perdite.

Abbiamo difficoltà finanziarie e dobbiamo chiedere più finanziamenti possibile per stare a galla e lei, magari, mi dice di chiudere il conto con una banca.

«Perché?» chiedo io.

Lei anche infastidita mi risponde quasi urlando: «Se io dire di chiudere, tu chiudi»

«Sì, lo so sei il direttore generale ma se chiudiamo quella banca allora dovremo rimborsare due milioni di euro di finanziamento dove li troviamo?».

Lei a questo punto, divertita, controbatte: «Sei tu il tesoriere, trova tu i soldi!».

Sono convinto che la Zagor Legnami Spa presto chiuderà e lascerà a casa i novecentonovantanove dipendenti, me compreso.

Dopo una breve pausa davanti alla macchinetta del caffè eccomi davanti alla scrivania.

Si può dire che io adori il mio ufficio come se fosse una tana.

La tana del castoro ha una struttura unica nel regno animale. Ne esistono tre tipi diversi, a seconda che siano costruite su isole, sulle rive di stagni o sulle sponde di laghi. La tana sull'isola è costituita da una camera centrale, con il pavimento appena sopra il livello dell'acqua, e due entrate.

La mia è proprio così.

E bello lavorare. Il mercoledì è fantastico lavorare pur avendo un capo così.

Il pomeriggio incontrerò con piacere l'amico, e stimato, Ruggero.

Ruggero, tanto come Mauro, è un professionista e del suo lavoro conosce ogni dettaglio.

È un piacere e un onore lavorare con loro.

Percorro il corridoio per andare nell'ufficio di Ruggero e noto una striscia verde e una marrone alla base del muro proprio come erba e muschio intessuti insieme e impastati con il fango nella tana del castoro.

«Ciao Ruggero».

«Ciao caro» mi siedo e cominciamo subito.

Una ragazza della mia squadra andrà in maternità e così cerchiamo un sostituto o una sostituta.

Ci troviamo subito su tutti i dettagli, lui come direttore del personale io come tesoriere, tanto che dopo pochi minuti abbiamo già fatto pubblicare un annuncio dove cerchiamo appunto un sostituto.

"Per azienda di commercio legnami della provincia Mantovana, ricerchiamo:

Addetto o addetta tesoreria. La risorsa in ricerca deve avere maturato esperienza di almeno due oppure tre anni nel ruolo e sarà inserita nell'ambito dell'area tesoreria e finanza. Si occuperà della gestione della cassa e del portafoglio attivo, della contabilità bancaria, in particolare del caricamento dei movimenti bancari giornalieri e del controllo e analisi delle condizioni bancarie. Dovrà occuparsi dei finanziamenti breve e medio termine (gestione contabile e monitoraggio sca-

denziario), delle riconciliazioni, dei flussi e del monitoraggio delle disponibilità finanziarie (entrate e uscite previste). Seguirà le operazioni di piani di ammortamento, mutui, leasing. Il candidato, oppure candidata, ideale è laureato in materie economiche e ha solide competenze in contabilità generale, inerenti in particolare alla partita doppia e la struttura del bilancio. Costituisce titolo preferenziale la conoscenza di SAP. Requisiti richiesti:
- Diploma Ragioneria/Laurea Economia
- Esperienza di almeno due oppure tre anni nel ruolo
- Ottima capacita di analisi
- Conoscenza di SAP
- Completano il profilo un'ottima capacita di relazione e attitudine al lavoro in team.
Sede di lavoro: dintorni di Mantova (azienda settore Legnami)
Cosa offriamo: contratto sostituzione maternità con possibilità di successiva riconferma.
Esco dall'ufficio e mi reco all'ufficio legale, l'azienda è grande; un vero labirinto.
A dire il vero il ragazzo o la ragazza che troveremo lavorerà poco con noi in quanto come detto la nostra strada è segnata. Chiuderemo presto.
Queste questioni quotidiane ci illudono che sia possibile proseguire.
Speriamo in un miracolo che puntualmente non si compirà, ma almeno per qualche piccolo attimo ci illudiamo d'essere sereni.
Inoltre penso che Ruggero abbia ragione davvero: il mercoledì sono avido di gloria, un sentimento spregevole che purtroppo fa si che anche questa giornata non sia perfetta.
I castori scavano dei canali per collegare il loro bacino artificiale alla zona dove crescono gli alberi da abbattere. Molti

canali sono larghi e profondi fino a un metro e spesso sono lunghi alcune centinaia di metri. Il legname che galleggia viene, quindi, fatto scendere lungo il canale fino al bacino artificiale. Alcuni esperimenti indicano come il rumore dell'acqua corrente sia un elemento che induce il castoro a intraprendere la costruzione di una diga.

Il bravo dipendente non lavora solo perché è pagato per farlo e neppure solo se è controllato. Il dipendente modello, ma forse semplicemente quello normale, lavora seriamente perché lavorare è un dovere ma anche un onore.

Il castoro, quello vero, lavora perché vuole lavorare come sarebbe giusto fare in qualsiasi occasione.

La sera il dipendente che ha compiuto il proprio dovere tornerà a casa con orgoglio e questo sarà un premio assolutamente sublime.

Le dighe, utilizzate dai castori per ampliare l'area intorno alle loro tane e aumentare la profondità dell'acqua, sono costruite con ramoscelli e tronchi d'albero, oppure, più solidamente, con fango, rami e pietre.

Chi è in azienda da molto tempo ha personalizzato il proprio ufficio e vuole bene al proprio posto di lavoro, alla propria postazione.

L'ufficio legale è una pattumiera.

Un omino piccolo minuto con pochi capelli bianchi è al telefono e montagne di libri coprono la sua scrivania.

Con il passare del tempo le dighe vengono riparate e ingrandite, e i materiali galleggianti che rimangono impigliati nella struttura, nonché le radici della vegetazione che cresce sopra di essa, servono a rinforzarle ulteriormente.

Mi fa cenno con la mano ed io mi avvicino e mi siedo. Lo osservo: è davvero minuscolo! È seduto su una pila di cuscini colorati.

Spesso il castoro costruisce, più a valle, una diga più piccola per fare rifluire l'acqua contro la diga originale, riducendo, in tal modo, la pressione a cui quest'ultima è sottoposta a monte.

L'avvocato Natalino Francescoli è il migliore nel suo lavoro, peccato davvero che lavori alla Zagor Legnami e che sia costretto a fare quanto ordinato dalla Lituania.

« ...noi ci siamo accorti all'esito dell'istruttoria dibattimentale come il pubblico ministero abbia riversato nei capi d'imputazione le dichiarazioni rese dalle persone offese, le stesse cose che adesso diremo per la vicenda legata al terzo incomodo, valgono per il padre, per la sorella, per il fotografo, e vedremo che il pubblico ministero in requisitoria, ha sempre ritenuto fondamentali, aggiungo io, uniche, le testimonianze di Mastrocomodo , Albachiara, Caccasotto.

Ma ciò che invece di corroborare, rende più incerto, è quello che al pubblico ministero piace chiamare l'edulcorato contenuto delle testimonianze rese dai titolari, che non è edulcorato, ma smentisce categoricamente il contenuto delle dichiarazioni rese dai testimoni.

Per entrare nello specifico devo chiamarvi più tardi ora mi attende il nostro tesoriere... sì... sì... sì... bene, ecco... sì, a dopo... arrivederci».

Mi guarda, mi osserva, mi studia. Forse ha percepito che ho ascoltato la sua telefonata non capendo assolutamente nulla.

«Ciao Francesco, hai portato i documenti che ti avevo chiesto?» con me usa, fortunatamente, un linguaggio molto più comprensibile.

«Sì, Natalino... sono qui. Ci sono tutti: le fatture, le copie ovviamente, la scheda contabile, le bolle... di quando avevamo consegnato il materiale… i primi pagamenti parziali prima del problema… il nostro estratto conto. Non manca nulla» affermo serenamente.

«Francesco questa pratica considerala già vinta. Ti devo chiedere una cosa però: ho sentito che la società, la Zagor, è in grandi guai finanziari… cosa c'è di vero?».

«Natalino a te non posso mentire! Siamo vicini al crack. Sono davvero desolato ma non credo che ci sia nulla da fare. Alcune banche hanno revocato i fidi. Altri finanziamenti li abbiamo chiusi perché è stato ordinato da Katerina. È un vero peccato Natalino… abbiamo una materia prima eccellente, un legname davvero unico, e i nostri dipendenti sono seri e preparati. È un peccato».

Natalino troverà un altro lavoro facilmente perché è preparatissimo… potrebbe trovarlo anche oggi ma attenderà l'ultimo giorno per lasciare perché ama l'azienda.

«Caro Francesco mi spiace davvero perché io sono cresciuto qui».

Non voglio offenderlo e cerco di non ridere ma è davvero minuscolo e sentirlo dire che è cresciuto qui mi pare fuori luogo.

Il mercoledì sera è sicuramente particolare.

Prima di tutto mi fermo a cenare in un posto che prepara solo cibi genuini.

L'ambiente è confortevole e assomiglia a un caffè del nord dell'Europa, tutto in legno.

Mentre mi leggo il sole24ore vengono grigliati i peperoni che velocemente vengono fatti sudare.

Sono spellati, tagliati a striscioline e in seguito a quadretti.

È mondato e tritato lo scalogno, poi adagiato in una casseruola con l'olio extravergine d'oliva.

Leggo che il legno d'acero vale più di ieri. Interessante.

Sono tostati tre tipi di cereali per qualche minuto e aggiunto brodo vegetale, una bustina di zafferano, il sale e il pepe; i cereali terminino la cottura.

Apprendo dal giornale che il dollaro si sta svalutando, ancora. Il direttore generale ci farà perdere ancora dei soldi con le sue indicazioni assurde... la chiusura della Zagor Legnami, di conseguenza, sempre più vicina.

Nel frattempo viene tagliato il tofu a piccoli cubetti e viene riposto in una padella antiaderente con due cucchiai di olio extravergine d'oliva e i peperoni a quadretti, rosolati per bene e innaffiati di brodo vegetale... Se la padella non fosse così calda mi vorrei trovare in mezzo a quegli ingredienti per assaporare il tutto ancor meglio.

Quando la salsa si sarà un po' ristretta, sarà aggiunto il prezzemolo tritato.

Ecco, mentre io termino di leggere articoli di finanza strutturata con salsa di politica, aggiungono sale e pepe e incorporano con i tre cereali, facendo saltare insieme il tutto qualche secondo.

Il primo cucchiaio assaporato mi trasporta in un'altra dimensione. Forse anche qualche centinaio di anni indietro.

Questo piatto ha dentro qualcosa di arcaico e qualcosa di magico.

Il castoro si nutre di cose salutari, salvo l'intervento dell'uomo.

A questo punto, terminata la cena, mi avvio al convegno che si tiene a Mantova.

È una cosa strana, davvero!

Mi hanno prenotato, cioè l'Ammiroifalli mi ha fatto prenotare, un convegno sulle condizioni economiche in Lituania.

Cioè? Non capisco: lei è lituana, lei rappresenta la società lituana che ha investito in Italia e mi manda a un convegno per capire la situazione economica in Lituania?

Perché? A che scopo?

La presentazione si tiene presso la Sala dei Giganti è una delle più note stanze affrescate all'interno del Palazzo del Te.

È una presentazione di lusso: la sala è stata realizzata cinquecento anni fa ed è veramente affascinante.

La caratteristica più rilevante della sala è che la pittura copre completamente e ininterrottamente tutte la superfici disponibili: un unico affresco che pone lo spettatore al centro dell'evento narrato nel dipinto. Sembra di essere dentro alla scena di un film d'animazione.

L'incontro sarebbe anche interessante se fossi io a investire in Lituania; durante l'orazione del relatore noto la cupola: è rappresentato Zeus con un fascio di fulmini, sconfigge i Giganti, ritratti a partire dal pavimento mentre stanno cercando di ascendere all' Olimpo.

Io l'avrei chiamata sala di Zeus in quanto se i giganti vengono sconfitti allora qualcosa non quadra: se è dedicata a loro dovrebbero vincere, tuttavia non è davvero importante.

Chissà se in Lituania esistono capolavori come quelli italiani… non credo, ma a dire il vero conosco davvero poco di quello Stato… niente, non conosco nulla.

L'oratore, famoso professore mantovano, il luminare Mastrodivani, conferma l'esistenza di un'economia di mercato funzionante, in grado di rispondere alle pressioni competitive all'interno dell'unione a breve termine, a condizione di continuare l'implementazione del programma di riforme e rimuovere le restanti difficoltà.

Noto che il professor Mastrodivani ha un nome originale: Azio.

Non ricordo di aver mai conosciuto una persona con quel nome, mentre se torno all'università ricordo: «Ad Azio, prossimo a scendere sul campo di battaglia, si fece incontro ad Ottaviano un uomo con un asino: l'uomo si chiamava Eutiche, l'animale Nicone. Dopo la vittoria fece innalzare a entrambi una statua di bronzo, nel tempio che fece costruire sul luogo dove aveva posto i suoi accampamenti.»

Eh, sì oggi è mercoledì e per questo sono laborioso ma anche colto.

A proposito di cultura questo professor Azio è davvero forte!

Sta snocciolando le ragioni del successo della Lituania: costi del lavoro estremamente competitivi, tra i più bassi nell'Europa, maestranze altamente specializzate e con buona conoscenza della lingua inglese, localizzazione strategica, livello di tassazione sia per le società che per le persone fisiche tra i più bassi nell'Europa.

Magari se non avessi avuto il piacere, ironicamente parlando, di conoscere i lituani tramite questa esperienza di convivenza forzosa allora il professor Mastrodivani mi avrebbe convinto.

Il professore continua a vele spiegate: «Tra i settori strategici che offrono maggiori opportunità di investimento occorre citare l'industria manifatturiera, le public utilities, l'ingegneria elettrotecnica, le tecnologia informatiche ed il turismo. In particolare per l'industria manifatturiera le aree di maggiore interesse italiano sono quelle della produzione di tessuti e abbigliamento e quella dell'industria alimentare, uno dei settori prioritari dell'economia, il cui sviluppo è favorito da un buon clima e da tradizioni ben radicate». Un applauso scrosciante saluta il professore nonché sancisce la chiusura dei lavoro; non cancella i miei dubbi.

Ma al professor Mastrodivani cosa importa della Lituania?!
È un mantovano doc, tanto quanto Ruggero, e non ha nulla
a che fare con quella nazione.

Bisogna dire che il professore è una specie di Pico de Pape-
ris in carne ed ossa… uno che sa tutto di tutto.

È immaginabile che se per caso all'ultimo momento aves-
sero cambiato la conferenza lui sarebbe andato alla grande
comunque.

«Buona sera, non si parla più della Lituania… dovrebbe fare
una conferenza sulla musica australiana…». Il professor
Mastrodivani avrebbe stupito tutti con la sua cultura im-
mensa.

Comunque sia… cosa mai potrebbe avere in mente l'Ammiroifalli? Non è chiaro.

La Zagor legnami sta per fallire oppure chiudere e lei manda
i suoi uomini alle conferenze?!

Mi avvio a piedi verso casa e non posso non apprezzare la
bellezza che Mantova sa offrire. Non è la mia città, tuttavia
la apprezzo davvero, mi pare meravigliosa. Mantova è da
vedere.

Sono numerosi i palazzi, i musei, le chiese e i luoghi d'interesse da visitare a Mantova. Mantova è stata dichiarata Pa-
trimonio Mondiale dell'Umanità Unesco il 7 luglio 2008 in
quanto eccezionale testimonianza di realizzazioni urbane,
architettoniche ed artistiche rinascimentali.

Il mercoledì sera posso essere solo così acculturato e curioso per le arti.

Cosa vedere a Mantova? un buon itinerario di visita di Mantova è quello che inizia con l'ingresso nel centro storico di
Mantova dal ponte di San Giorgio, da cui è possibile ammirare la famosa skyline di Mantova, molto suggestiva al tra-
monto. Attraversato il ponte ci si trova davanti il Castello di

San Giorgio, punto di confluenza delle vie che costeggiano i tre laghi di Mantova.

Costruito tra il 1395 e il 1400, il Castello di San Giorgio è riconoscibile per le sue quattro torri e tra queste la torre di nord est ospita la celebre Camera degli Sposi affrescata da Andrea Mantegna.

Costeggiando il fianco destro del Castello di San Giorgio, si entra in Piazza Sordello, vero e proprio cuore della Mantova rinascimentale. Sul lato sinistro di Piazza Sordello si trova il Palazzo Ducale, residenza dei Gonzaga nel quattordicesimo secolo, dove sono custoditi molti tesori, tra quadri, statue, arazzi.

Sul lato destro di Piazza Sordello si trova invece il Duomo di Mantova, Cattedrale di San Pietro, edificato nel tredicesimo secolo e ristrutturato da Giulio Romano nel 1545.

Potrei fare il cicerone per i turisti in quanto, seppur solo di mercoledì, so tutto di Mantova. Anche in questo caso mi sento avido... avido di sapere.

Sempre in Piazza Sordello a Mantova si trovano anche il Palazzo Vescovile, e Palazzo Bonacolsi... detto anche Palazzo Castiglioni.

Oh perbacco stavo per dimenticare il Teatro Bibiena, un piccolo gioiello disegnato da Antonio Bibiena per volontà di Maria Teresa d'Austria ed inaugurato da Wolfgang Amadeus Mozart all'età di soli quattordici anni.

Così dovrebbero essere tutte le giornate!

Riconosco ancora di essere avido ma ora avido di sapere; ho delle conoscenze che non vorrei dividere con nessuno, altroché Cicerone: da qui, attraversata la piazzetta dove è presente il monumento di Dante Alighieri, proseguendo lungo Via Adigò, si giunge in Piazza Broletto, che ospita il Palazzo del Podestà, l'Arengario ed il suggestivo Sottoportico dei

Lattonai, che collega Piazza Broletto a Piazza Erbe.

Il Palazzo del Podestà di Mantova, costruito nel 1227, è collegato al Palazzo del Massaro tramite l'Arengario. Sulla facciata del Palazzo del Podestà si trova l'Edicola di Virgilio, statua di marmo raffigurante il sommo poeta.

Quante cose conosco il mercoledì!

Proseguendo si arriva in Piazza Erbe, dove si possono ammirare il Palazzo della Ragione, costruito nel 1250, la Torre dell'Orologio (con un esemplare di orologio astronomico), la Rotonda di San Lorenzo, la chiesa più antica di Mantova (risale al 1082), a base circolare, costruita sul modello del Santo Sepolcro di Gerusalemme. Piazza delle Erbe a Mantova è delimitata dai portici delle case tardogotiche e rinascimentali, tra cui la Casa del Mercante, costruita nel 1455 per il mercante Boniforte da Concorezzo.

Potrei continuare per ore, forse giorni: A Mantova ci sono centinaia di cose meravigliose da visitare, da vedere, ma per oggi basta così e mi avvio a casa dove dormirò serenamente.

## Giovedì da leone, la superbia

Il giovedì è davvero un'altra cosa, oggi sono il re.
Il giovedì mi sento, e ho, una forza sovrumana… sono il più grande e imponente tra i carnivori africani.
Mi guardo allo specchio e cerco di spaventarmi con minacciosi ruggiti.
Oggi non ha importanza radersi o non radersi, pettinarsi o non farlo, sono comunque perfetto. Il migliore, il più bello, il più forte, mente superiore degli dei.
Fisso la mia immagine nello specchio e vedo le possenti membra dei carnivori: potrei spaventare chiunque.
La mia testa grossa e quasi rettangolare, termina con un muso largo e tronco; le orecchie sono arrotondate e gli occhi dotati di pupille rotonde e gialle, sembrano fosforescenti.
Occhi di fuoco sputa fiamme.
Oggi potrei fare qualsiasi sport appena sveglio, ma nello stesso tempo non sarebbe necessario praticarne nessuno.
È così vero che alle cinque di mattina potrei praticare del free running, corsa che dir si voglia, oppure breakdance, paracadutismo… Base jumping come bungee jumping e perché no?! Parapendio con motocross incorporato.
Io sono il re.
Colazione con rafting in simultanea, immersione in apnea e arrampicata, surf da onda ma anche un semplice windsurf in soggiorno, tuffi dal divano e Ironman dentifricio e lavata di denti con rugby subacqueo ma… ma… cosa li pratico a fare, questi sport, se il mio corpo possente mi permette di essere il migliore? Di essere sempre, comunque, spaventosamente, in forma?!
Io sono il leone, il re, il re dei re!

Fisso lo specchio e vedo una statua, un bronzo di Riace, ma molto più dotato delle famose statue.

Anzi a dire il vero vedo un insieme di molte statue tutte insieme: ammiro, nella mia immagine riflessa il Cristo redentore di Rio de Janeiro, ma molto più imponente. Aggiungo uno sguardo inquietante dei Moai dell'isola di Pasqua ma non solo.

Io sono di più, io sono il re.

La mia immagine farebbe sfigurare la statua della libertà a New York .

Ho la stessa quieta sicurezza della mastodontica statua di "Maitreya" in Leshan in Cina con una punta di inquietudine come la più antica scultura del mondo della sfinge di Giza.

Mi vesto in fretta e corro sulle scale come dietro ad una gazzella, sono il re della savana.

Naturalmente i vestiti che indosso pur essendo presi a caso mi donano nel migliore dei modi, anche se io non ne avrei bisogno visto il mio fascino.

I capi che indosso sono realizzati con un occhio di riguardo nei confronti di quella preziosa ed esclusiva manifattura artigianale e, d'altro canto, contraddistinti con un'attenzione particolare verso tutte le più affermate tendenze del mercato, con un prodotto sempre innovativo e di alta qualità. Mutande comprese... anche se sporche.

Le mie donne, tutte le donne, mi vorrebbero nudo ma io mi faccio desiderare.

Tra i tessuti utilizzati da famosi stilisti per confezionare i miei abiti, si annoverano le più importanti lavorazioni di lane veramente contraddistinte dall'esclusività, come nel caso del cachemire, del cammello o, infine, dello yak; a questi ultimi si affiancano delle sete più che raffinate, in ragione della loro essenza eterea e delle loro tinte sempre delicate al punto giusto.

È strano, mentre penso a tutto questo vedo una macchia di sugo sulla canottiera... sarà una selezione dedicata, ma anche delicata, alla cucina da famosi guru della moda. Se fosse un altro giorno della settimana sarebbe solo una canottiera sporca della sera prima.

Uscendo sull'atrio incontro una signora e solo a fissarla si spaventa, la potrei sbranare oppure possedere, peccato che abbia almeno ottanta anni.

Se fosse un altro giorno della settimana la potrei possedere anche con i suoi ottanta anni, sempre che lo desiderasse lei ardentemente.

Oggi non prendo l'autobus, vado in ufficio utilizzando la motocicletta, una Harley-Davidson Flathead!

Di solito non so quasi mai di avere una motocicletta, a parte quando mi devo asciugare i capelli dal vino, ma il giovedì ne sono un esperto.

È una cosa strana non so come possa accadere, è come se la comprassi la notte tra il mercoledì e il giovedì e la vendessi il giovedì sera.

Forse la parcheggio e per sei giorni me la dimentico, la cosa non è chiara.

Sono sul bolide e la strada è mia: osservo la zampa che da gas alla moto e vedo che appare più robusta di quelle di qualsiasi altro felide.

Do gas a manetta.

Devo percorrere pochi chilometri per arrivare alla Zagor Legnami Spa tuttavia, andando così veloce, ripasso avanti ed indietro diverse volte: do la possibilità a più gente di ammirarmi altrimenti arrivando subito mi ammirerebbero poche persone. Sono il superbo.

Mi fermo anche per dar modo a chi lo desidera di foto-grafarmi: faranno un post scrivendo «Ho avuto l'onore di vedere il re».

La gente che mi vede passare probabilmente ammirerà anche la mia lunga coda che termina con una punta cornea, coperta da un ciuffo di peli.

Sono il re!

Ho un gran fisico: mi ammirano donne e m'invidiano gli uomini.

Eccomi davanti all'ufficio, un tipo sta parcheggiando dove andrebbero le moto, mi basta fissarlo con fare sicuro, capisce va via, scappa. Sono il re.

Oggi nessuno oserebbe dirmi nulla.

Eccomi già alla scrivania, sono il migliore oggi mi sbrano tutti… anzi non devo fare nulla perché gli altri sanno che comando io.

Arriva il direttore Ammiroifalli mi guarda con fare interrogativo.

Vorrà la situazione finanziaria? Ho dimenticato una riunione?

È meglio, e giusto, mostrarmi sicuro la fisso con aria di sfida e lei ben percepisce la mia superiorità così abbassa lo sguardo dicendo: «Non ricordo perché essere venuta, forse avevo bisogno di Mauro».

Faccio un segno con la zampa… insomma con la mano, e si toglie dai piedi.

Sono seduto sul mio trono e mi passo una mano sul mento: la mia pelliccia è liscia, rasa e brillante; presenta un bel colore giallo-rosso vivace e bruno fulvo.

Tra poco c'è l'incontro con la Banca Popolare ed io mi pregusto il tutto.

Sì, amo le riunioni, dove posso mettermi in mostra, dove posso far capire a tutti chi è il migliore.

La ragazza della reception arriva davanti al mio ufficio e mi comunica: «È arrivata la banca».

Io la fisso senza dire nulla e il mio sguardo le comunica che la potrei possedere oppure sbranare, oppure possedere e poi sbranare e lei per questo dovrebbe esserne onorata... lei si allontana dicendo: «Allora se non c'è nulla in contrario li accompagno».

Sono certo che ha gradito il mio sguardo e che ha capito il messaggio; mentre penso a questo eccomi davanti i due funzionari della banca che mi salutano «Buon giorno» in coro.

«Buon giorno a voi». Li accolgo nella sala riunione con un ruggito; sono due funzionari uno vicino alla pensione e uno della mia età. Io sono naturalmente più in forma.

Qual è la mia età?! Un anno vale l'altro ma la mia età è la migliore ovviamente... sono adulto ma nello stesso tempo giovanissimo.

«Buon giorno a lei, dottore» rimarca con voce quasi timorosa.

«Ho deciso di farvi contenti, lavoreremo con voi di più e pertanto vi chiediamo un altro milione di euro come finanziamento, restituzione in cinque anni» affermo con sicurezza come se dovessi o potessi decidere io anche a nome della banca.

L'anziano parla per primo: «Veramente non sono sicuro che sarà possibile... la Zagor Legnani è già abbastanza esposta, anzi stavamo pensando a un ridimensionamento... forse dovremmo revocare i finanziamenti che già avete avuto» la sua voce è timorosa.

«Ha - ha - ha» lo scimmiotto.

«Nulla di personale, ma la direzione non lo permetterebbe.

Voi sapete che da quando siete stati acquistati dalla società lituana le cose sono peggiorate e anche molto» dice ora l'altro funzionario con timore.

Dopo una breve pausa continua: «Anche lei non è più lo stesso. Una volta era sempre di parola, non ci mentiva mai. Potevamo essere garantiti dal suo lavoro ma oggi non è più attendibile. Penso che dovremo interrompere i rapporti».

Scuoto la testa: nel maschio la testa e il collo si presentano ornati da una folta criniera, composta da lunghi peli lisci, che ricadono formando delle specie di matasse le quali arrivano sino alla radice delle zampe e sino alla metà del dorso e dei fianchi. La criniera appare giallo-fulva frammista a peli nero-rossicci.

Li fisso.

«Forse non mi sono espresso bene. Non chiedo un finanziamento lo pretendo!» li scruto con sicurezza e fare minaccioso.

«Altrimenti?» chiede l'anziano con fare tra l'incuriosito e lo spaventato.

«Dunque il fatto è questo: se non abbiamo il finanziamento nuovo la Zagor Legnami non parteciperà alla fiera e se non parteciperà alla fiera andrà tutto a rotoli... non solo non vi restituirà i due milioni che già vi dobbiamo ma emergerebbe, io lo farei emergere senza dubbio, che mancava la firma nel primo finanziamento. Lo sapete bene che è stata da voi aggiunta... ci sono le email».

«Eravamo d'accordo a voce, non ricorda?» poi mi fissa pensieroso e riparte più lentamente «Ah, siamo ai ricatti?! capisco» esclama ora il giovane.

Mi gonfio e sono il doppio di lui. Un maschio adulto misura da ottanta centimetri a un metro di altezza. La lunghezza varia ma orientativamente è intorno ai due metri, oltre ai sessanta-ottanta centimetri di coda.

Lo guardo con il mio sguardo magnetico e aggiungo con tono scontato: «Dunque siamo d'accordo?».

L'anziano rassegnato alzandosi lascia sul tavolo l'ultima esclamazione: «Che altro potremmo fare?! Siamo in un vicolo cieco... ma non finisce qui avremo modo di fargliela pagare».

Lo guardo con tono sicuro e abbassando la voce esclamo: «Chi ha il coraggio di dire questo avrà senza dubbio anche il coraggio di tornare a casa da solo, la sera».

L'anziano si accorge di aver osato troppo a fa un passo indietro «Io tra poco andrò in pensione e voglio dormire sereno, truccheremo un po' i documenti e avrete il nuovo finanziamento... tanto i soldi non sono i miei» dice ora con tono di rassegnazione.

Non ci salutiamo neppure.

Ci sarebbe da pensare, da riflettere è meglio dunque essere asino, lombrico o leone?

No, il castoro non è stato dimenticato. Il Castore è il migliore! Non da fastidio a nessuno e lavora molto. Non è predatore neppure preda. Cioè in qualche caso può essere anche preda ma ha un comportamento così dignitoso che quando diventa vittima si capisce che si tratta di un sopruso, di un'ingiustizia. A parte l'avidità di successo che dice Ruggero...

Cosa diversa per l'asino del lunedì e per il verme del martedì che meritano ciò che si riversa sopra di loro.

Il leone è così pieno di sé che sconfina nell'arroganza e certamente nella superbia: non c'è dubbio che possa sostenere un esame di coscienza, ma oggi sono leone e non posso far null'altro che assecondare il felino che è in me.

Gli uomini leoni, come i lombrichi e gli asini sono dappertutto. Anticamente il leone abitava l'Europa, tutta l'Africa e l'Asia; adesso esiste solo nelle steppe, nelle savane e nelle regioni montuose ricche di erbivori, di cui si nutre. E' quasi certo che sia scomparso recentemente dall'Iran e dall'Iraq; ma il leone persiano, che rappresenta una sottospecie distinta, vive ancora nella foresta del Gir, nella regione indiana del Kathiawar.

Uno anche a Mantova e lavora presso la Zagor Legnami. Solo il giovedì, naturalmente.

Il giovedì per non rovinare la bella amicizia con Mauro e Ruggero, il leone non li frequenta poiché finirebbe per tentare di far meglio di loro, anche nei loro campi.

Vorrebbe credere, e far credere, di sapere qualcosa in più di Mauro sul fiscale anche se è noto, scontato e risaputo che il dottor Lori è un maestro.

Il leone finirebbe di comportarsi come Katerina Ammiroifalli, terminerebbe urlando e questo non va bene.

Incontrando Mauro di giovedì perderei la sua amicizia, ma così anche per il rapporto con il buon Ruggero: il leone vorrebbe primeggiare anche sull'argomento, dove il ravveduto dottor Patuzzo è un profeta e rischierebbe di litigare.

Allora il giovedì il leone per non rischiare di strafare rimane lungamente solo.

Generalmente il leone è un animale solitario; si unisce alla femmina solo durante la stagione degli amori. Nell'Africa settentrionale, ogni esemplare occupa un territorio ben delimitato e non ha mai l'occasione di combattere con i propri simili per la conquista del cibo. Ingaggia lotte furibonde solo nel periodo degli amori.

Non vorrei mai litigare con due persone speciali come Ruggero e Mauro.

Eppure dovremmo fare un gioco di squadra per il bene dell'azienda, dovremmo essere saggi leoni e lavorare uniti. Loro sono leoni saggi… io purtroppo no.

Nell'Africa meridionale questi carnivori si riuniscono in branchi per andare a caccia. Quando comincia la stagione asciutta, cioè da maggio a settembre, molti erbivori lasciano le steppe per recarsi in zone più umide. I leoni si organizzano in branchi per seguire la migrazione degli erbivori.

Potremmo fare davvero un bel lavoro ma prevale il mio ego e l'azienda non esiste.

Oggi esisto solo io.

L'azienda non va avanti anche per colpa mia: un giorno sono lombrico, un giorno asino e non faccio nulla di buono, il leone esagera e anche così non va bene, non è giusto.

Dovrei essere castoro sempre, vorrei esserlo ma la mia natura è più forte.

Ci sono colleghi che sono lombrichi tutta la settimana oppure asini per sempre; Sono pochi i colleghi che riescono ad essere sempre e solo castori, e poi castori senza avidità, e questa è la causa del declino.

Oggi in mensa in realtà non ho fatto nulla di diverso da quanto si possa attendere da un arrogante leone: ho guardato gli altri per farmi vedere, per mostrare la mia magnificenza.

Ho ostentato il poco potere che ho nella società intimorendo i giovani, gli ultimi assunti.

Ho sbranato il pranzo con voracità, ordinando carne cruda, cercando di incutere terrore e rispetto ma il passo tra essere un re e povero cretino è breve: i colleghi mi hanno osservato e hanno bisbigliato tra loro chissà quali commenti.

Il pomeriggio si rivela inutile, inefficace.

Perdo tempo a guardare le ragazze con fare prepotente: non

cerco di conquistarle ma desidero essere venerato; tratto i colleghi con arroganza e, in questo caso, non desidero ammirazione ma piuttosto timore.

La natura si può reprimere, distruggere, inquinare ma non stravolgere... sorgerebbero degli effetti collaterali anche devastanti.

Il pomeriggio, oltre ad essere inutile, passa lentamente forse assomiglia addirittura al lunedì mattina.

Dovrei fare il lavoro del tesoriere, ma perdo tempo a voler mostrare a quante più persone possibile quanto io sia bravo. In realtà non lo mostro neppure, lo racconto. Sono storie del passato: come ho fatto a trovare finanziamenti, come ho ridotto gli oneri finanziari e lo racconto anche a chi non sa neppure cosa siano queste cose. Tempo perso per me e per gli altri.

Una litania triste e lamentosa di tempi andati che non torneranno più specie alla Zagor Legnami che inesorabilmente sta affondando; Dovrei almeno cercarmi un altro lavoro invece di arrotolarmi le maniche ammirando i miei bicipiti tatuati.

È gratificante guardarsi specchiato nel vetro a fianco della scrivania pensando di essere il migliore, ma se solo mi rendessi conto di sbagliare almeno potrei tentare di rimediare. Invece nulla.

Non vado avanti con il lavoro e solo saltuariamente faccio qualche telefonata per farmi sentire urlare. Ruggiti nel deserto.

A pomeriggio inoltrato, neppure troppo, mi reco in palestra, ma in realtà non è per il mio fisico. Sono così esaltato da credere di essere già perfetto.

Voglio vedere gente ma soprattutto mostrarmi, io sono il re e tutti mi devono ammirare.

La palestra non serve a nulla: chi è una schifezza non diventerà un adone e chi è perfetto, come me, non ne ha bisogno. Voglio solo fare un regalo agli altri e farmi vedere in tutta la mia magnificenza.

Sento gli occhi delle ragazze accarezzarmi, lisciarmi la chioma, adorarmi.

Mostro i miei tatuaggi, faccio pose, sguardi ammiccanti di sfida; sento l'odore della paura dei ragazzi, sospettosi che le loro donne vogliano solo me. Il re.

Se non fosse giovedì potrei pensare, meglio capire, di essere un povero esaltato!

Faccio pochi esercizi e piuttosto girovago tra gli attrezzi specchiandomi più il possibile con pose articolate. Sento altri mormorii intorno a me e mi s'insinua il dubbio... che stiano adorando la mia figura con invidia oppure che stiano deridendo il mio fanatismo egocentrico?

Mi annoio, non succede quanto vorrei: sarei contento se tutti mi battessero le mani chiedendo autografi ma visto che, stranamente, questo non accade allora sarà ora di chiudere la seduta di esibizionismo.

Ora sono nudo sotto la doccia e mi guardo curioso attorno: vedendo altri uomini attorno mi sa che qui non siano tutti leoni anche se è giovedì... mi sa che ci sia in giro anche qualche elefante!

In effetti, guardando gli altri avrei preferito essere un buon elefante invece di un cattivo leone!

Alcuni ghigni malefici sembrano invocare un confronto magari pubblico ed è come se chiedessero: «perché non torniamo ora, così nudi, in palestra a mostraci?».

Qui c'è poco da pensare o confrontarsi, è meglio indossare velocemente le mutande e darsi alla fuga. Anche il leone, seppur saltuariamente, batte in ritirata.

Ancora vestito percepisco sguardi non di ammirazione ma piuttosto di commiserazione. Sguardi divertiti come dire: «Si sa che il leone non abbia la proboscide».

Esco velocemente dalla palestra e se non fossi il leone del giovedì mi sarei potuto spaventare per aver visto degli elefanti.

Come ogni giorno della settimana, e qualsiasi animale io sia, soffro di solitudine; anche in questo momento non ho una leonessa da frequentare.

I quarantanni sono passati da un bel po' e i cinquanta si avvicinano a velocità sostenuta.

Dove potrei passare la serata?

Il leone preferisce luoghi aperti: pianure erbose, disseminate di cespugli e boschetti di alberi a piccolo fusto nei quali si nasconde durante la giornata, steppe aride e regioni montuose o piane, desertiche e desolate, dove il colore del suo mantello si confonde agli occhi delle prede.

Steppe aride e desolate?!

Mi andrebbe bene un pub qualsiasi, magari con molta gente. Oggi però non è la giornata in cui cerco una relazione, è invece il momento in cui voglio e devo farmi vedere; ormai è assodato: anche il leone è stupido.

Decido di andare in un locale di bikers.

Qui vicino c'è un locale frequentato da motociclisti tatuati; il giovedì sera faccio parte di questa categoria e voglio dominare gli altri.

Eccomi al pub "Ironman" e dentro noto subito di essere la persona meno appariscente.

Mi sembra di vedere decine di ZZtop.

Solo come promemoria, e me lo dico da solo, gli ZZtop oltre ad essere noti per la loro musica, sono anche ricordati come gruppo dall'apparenza appariscente e alle volte trasandata:

Gibbons e Hill sono sempre fotografati con degli occhiali da sole abbigliamento simile, e quello che fa degli ZZ top il loro trademark: le lunghe barbe. Famosissime sono le barbe e occhiali da sole. Un altro loro marchio distintivo sono i copricapi e bandane. Mi giro e vedo giubbotti di pelle, tatuaggi e anche belle donne con ampie e generose scollature, pantaloncini corti che lasciano poco spazio a immaginazione.

Il leone si trova a proprio agio e quindi posso dire di essere a casa.

Tuttavia se fosse venerdì oppure anche sabato mi imbambolerei di birra per tentare senza successo di portarmi fuori una di queste belle donne, magari anche fosse la peggiore, ma è giovedì e non posso far altro che competere.

Fisso alcuni di loro ma la maggior parte è lì solo per divertirsi e così mi evitano.

Si gustano le loro birre, parlano di moto, sbaciucchiano le loro ragazze fino a quando, finalmente, uno di loro fissa me con aria di sfida. Ci siamo!

Io lo fisso con maggiore cura ed insistenza quasi con rabbia. Lui fissa me con uno sguardo assassino.

Il mio obiettivo è quello di imporre la mia autorità, potremmo fare a botte oppure semplicemente una prova di forza tipo braccio di ferro.

Lo fisso ancora più insistentemente e lui, una montagna di muscoli tatuati, fissa me con maggiore determinazione.

Tra poco ci sarà uno scontro tra un magnifico leone tesoriere motociclista contro un perdente qualsiasi. Sì, sono certo vincerò di sicuro.

Eccolo si avvicina e sta per lanciare la sfida dirà qualcosa di terrificante, lancerà la sfida oppure tenterà già un attacco fisico.

Ecco la montagna umana davanti a me.

«Ciao stellina, io sono Gloria» esordisce il gigante tatuato con una voce candida da cartone animato.

Sono spiazzato, non so cosa dire.

Lui mi guarda con amore e aggiunge: «Mi chiamo Gloria e faccio la parrucchiera... mi prenderei volentieri della tua criniera».

Sono davvero sorpreso non so cosa fare e cosa dire: «Mi scusi dottor Gloria, la fissavo in quanto sono astigmatico e devo averla scambiata per un altro, mi pareva il mio commercialista ».

Il leone è forte, duro, infrangibile ma s'imbarazza facilmente.

Mi pare ora deluso, quasi piange.

Dunque nella giornata della mia massima forza mi devo cimentare con tale che dice di essere la parrucchiera Gloria?!

Mi viene il sospetto che la mia settimana sia davvero sempre peggio.

Forse potrei essere insieme a Mauro e Ruggero a tentare di aiutare l'azienda per la quale lavoriamo, forse anche solo con mezzi e sistemi leciti, non come questa mattina.

Forse potrei essere con la Katerina a tentare di farle capire che non si sta comportando nel modo giusto, che l'azienda è a rischio di chiusura ma sono qui a perdere tempo come altri giorni della settimana.

Sono qui che non servo né a me né ad altri. Non servo a nessuno.

Perbacco se la giornata del leone sono messo così, sono messo davvero male.

Ora vorrei un giaciglio tranquillo dove riposarmi.

Il leone cerca rifugio nei luoghi più riparati, ma, nel corso delle sue migrazioni, si riposa ovunque lo sorprenda il mattino. Le abitudini del leone non differiscono da quelle degli altri felidi.

Cosa mai potrei fare per cambiare la mia vita, sono solo triste e davvero demoralizzato.

Ho preso la moto e mi sono allontanato dal circolo delle parrucchiere, ora sono sul lungo Mincio e mi fermo.

Scendo dalla moto e urlo all'acqua che ho davanti tutta la mia depressione, la mia solitudine.

Un urlo lacerante, un ruggito.

Il ruggito del leone consiste in un suono prolungato, simile al miagolio di un gatto, ma amplificato moltissimo. In alcune occasioni si trasforma in un grugnito minaccioso. L'animale lo utilizza dopo aver mangiato o nel periodo degli amori per chiamare la femmina.

Vorrei davvero chiamare una femmina, ma più che per sesso per colmare la profonda solitudine che vive in me, ma chiama qualcun altro.

È la polizia.

Quando il leone ha paura, emette un suono prolungato, abbassa le orecchie e sferza il suolo con la coda. L'effetto che ha il ruggito del leone sugli altri animali è indescrivibile. La iena e la pantera smettono di grugnire, altri scappano e si agitano mugolando. Figuriamoci che effetto fa sulle forze dell'ordine.

Sì anche il leone è debole e pauroso.

Ecco giungere due giovani poliziotti che si avvicinano dopo aver parcheggiato l'auto.

«Cosa sta facendo?».

Ed io: «Nulla lanciavo qualche sasso in acqua».

«È vietato, ed è vietato anche urlare… perché urlava?».

Non so che dire, non so davvero perché stessi urlando… taccio e li scruto intimorito.

Il secondo incalza «Ha bevuto? Sento odore di alcolici».

«Sono a piedi» dico per giustificarmi.

«E quella moto è sua? » chiede con fare critico.

«L'ho spinta… non si può spingere la moto? Anche questo è vietato? ».

Il poliziotto più alto sembra davvero arrabbiato: «Ah vogliamo fare il furbo?! Bene…lei urlava e su questo non c'è dubbio: chiunque, mediante schiamazzi o rumori, ovvero abusando di strumenti sonori o di segnalazioni acustiche ovvero suscitando o non impedendo strepiti di animali, disturba le occupazioni o il riposo delle persone, ovvero gli spettacoli, i ritrovi o i trattenimenti pubblici, è punito con l'arresto fino a tre mesi o con l'ammenda fino a trecentonove euro. Si applica l'ammenda da cento tre euro a cinquecento sedici euro a chi esercita una professione o un mestiere rumoroso contro le disposizioni della legge o le prescrizioni dell'Autorità ».

Eccolo esternare il suo sapere per intimorirmi, per dimostrare la sua superiorità.

Bella seratona da leone.

«D'accordo pago» e tiro fuori il portafoglio mentre loro cominciano a ridere.

«Dov'è rimasto? Non si paga agli agenti da mille anni. Favorisca i documenti!».

«Ecco, tenga» Sono rassegnato.

«Lavora qui a Mantova?» chiedono quasi in coro.

«Sì, anche se non vedo cosa c'entri… lavoro alla Zagor Legnami».

«Ah ho sentito che la società non viaggia in buone acque… soprattutto da quando vi hanno comprato i lituani».

«No, comment» tuttavia so che ha ragione, so che le cose vanno male e andranno peggio e nessuno potrà fermare questo declino. So anche, forse me ne sono reso conto proprio in questo momento, che siamo destinati a chiudere.

I leoni sono in via d'estinzione e a quanto pare sono anche trattati male.

I due vigili confabulano e non so per quale calcolo, non capisco per quale infrazione tuttavia staccano una bella farfalla da cinquecento euro tondi tondi.

Il poliziotto che prima si era arrabbiato maggiormente ha anche l'eleganza di suggellare il tutto con una sentenza inquietante: «Visto che tra poco la Zagor Legnami chiuderà sarebbe meglio che lei stesse in azienda a lavorare, anche di sera, invece di lanciare sassi».

Il mio urlo non è più quello di una volta... un tempo avrei spaventato come tutti i ruggiti dei leoni... l'uomo quando sente il ruggito del leone percepisce in sé un timore insolito. Torno a casa e mi sento sempre più' solo, sempre più sconfitto anche da leone.

Nell'Africa settentrionale il leone si stabilisce sovente in prossimità dei villaggi. Il leone attacca l'uomo solo quando ha perso la sua diffidenza verso i villaggi umani, cioè quando comprende che può mietere numerose vittime senza molta fatica, oppure quando vecchio e stanco ha perso ogni combattività.

Non spavento nessuno.

Gli animali selvatici fiutano la presenza del leone per questo tende loro delle imboscate, li avvicina prudentemente, strisciando sotto vento, molte volte seguito da un altro leone. Si avvicina alle pozze d'acqua dove, verso sera, hanno l'abitudine di andarsi a dissetare zebre, antilopi, giraffe e bufali. Solitamente il leone preferisce gli animali più grossi ma nel mio caso si tratta di un motociclista parrucchiera. Non attacca né elefanti né rinoceronti. Divorando gli erbivori della savana africana, i leoni mantengono un equilibrio biologico, evitando il sovrappopolamento di questi animali e in teoria dovrei servire a qualcosa ma contribuisco solo alla fine della Zagor Legnami.

In genere il leone mangia la preda che lui stesso ha ucciso, preferendo quelle facili da catturare. Il leone torna al banchetto per più notti, finché non rimane solo la carcassa. Attacca l'uomo raramente e in casi del tutto eccezionali.

E le ragazze?

Come leone potrei davvero cercare delle prede ma non ho una compagna, sono solo.

Durante il periodo degli amori, dieci o dodici maschi seguono un'unica femmina e combattono tra di loro per appropriarsene. Tuttavia, quando la femmina ha scelto lo sposo, gli altri maschi se ne vanno e la coppia vive unita fedelmente. Nel leone, l'amore si manifesta in modo assai meno violento che negli altri felini di grandi dimensioni. Ma può risentire di una violenta gelosia.

Io di chi mai potrei essere geloso?! Forse sono geloso di Mauro e Ruggero... geloso nel senso che invidio la loro sicurezza, le loro famiglie. Ora loro avranno qualcuno con cui parlare con cui stare insieme; Loro sono migliori di me, loro sono castori per sempre e neppure avidi. Forse poi ho capito male, non hanno neppure mai tradito la loro mogli, martedì non sono usciti con tutte quelle ragazze... loro sono brave persone.

Possibile che non ci sia una ragazza a cui io possa piacere?! Una leonessa che possa volermi come sposo?!

La leonessa si presenta più ardente del maschio: premurosa e carezzevole, si avvicina al suo severo sposo cercando di eccitarlo. Quest'ultimo seguita a guardarla come se nulla fosse, finché lei non gli è molto vicina.

Sarebbe bello avere dei figli!

Mi andrebbe bene anche fosse lei a scegliere tutto ed io sarei bravo ed ubbidiente… io andrei a lavorare e penserei al bene della Zagor Legnami.

Il leone c'è da sempre ma ormai siamo in estinzione. Sarà perché è giovedì sera e mi sto per trasformare ancora una volta oppure perché anche da leone non combino grandi cose.

È un vero peccato perché le prime notizie dei leoni si hanno da tempi assai remoti. Dagli Egizi, ai Greci, ai Romani, sino alla Bibbia vi sono racconti che parlano della ferocia del re degli animali.

Venerdì da Mandrillo, la lussuria.

Il venerdì è meraviglioso e l'unica cosa che appare faticosa, già di buon'ora, è capire in quale animale mi trasformerò.

Il venerdì avrei, oppure potrei avere, varie alternative considerando che il traguardo rimarrà, o meglio rimarrebbe, quello di essere considerato un maschio conquistatore. Un erotomane.

Più che un maschio conquistatore direi un egocentrico che pensa, ma solo pensa, al sesso.

La persona egocentrica si comporta come se fosse al centro dell'universo. E' attenta ai propri bisogni e sembra ignorare il pensiero altrui. L'uomo egocentrico non riesce a cogliere la differenza tra il proprio punto di vista e quello degli altri. Che animale corrisponde a questi elementari fondamenti?

In realtà non è neppure così, forse vorrei pensare solo al sesso... magari potrei essere orso.

L'orso non ama i preliminari, ma in compenso si accoppia anche sedici volte in una giornata. Per fortuna non diciassette: potrei dissentire per scaramanzia, come al lunedì quando evito il diciassettesimo caffè.

Volendo potrei scegliere il rospo: l'amplesso dei rospi può durare fino a dieci ore, ma con tutta la buona volontà sconfinerei nella noia.

Potrei tornare leone come al giovedì.

I leoni possono fare l'amore anche fino a quaranta volte al giorno ma visto che ieri, pur essendo leone, non ho rimediato nulla preferisco proseguire oltre; vorrei un venerdì più allegro.

Potrei anche essere una scimmia bonobo.

Le scimmie bonobo fanno sesso in qualsiasi posizione, in media ogni ora e mezza, non disdegnano le orge.

Bello... bello davvero! Mi piacerebbe, ma soffrendo di cervicale e sciatica preferirei non esagerare con le posizioni.

Magari un insetto stecco.

Pensando all'insetto stecco non viene in mente nulla di erotico, tuttavia questi strani insetti copulano per dieci settimane filate.

Sarebbe un ottimo risultato ma sprecherei tutte le ferie e poi a dirla tutta sarebbe un miracolo, visti i miei ultimi cento anni, avere anche solo un venerdì decente.

Andrebbe bene anche essere una semplice coccinella.

Le femmine di coccinella possono copulare fino a nove ore di fila e i maschi sono in grado di avere tre orgasmi per ciascuna sessione amorosa, ciascuno della durata di un'ora e mezza.

In questo caso per discriminazione nei confronti della coccinella mi tocca ancora passare oltre.

È vero che posso accettare di essere un asino testardo e ragliante il lunedì, un verme strisciante ed ignavo il martedì, con orgoglio il miglior castoro il mercoledì seppur avido di fama, il superbo seppur arrogante leone il giovedì, mai accetterei nel giorno migliore della settimana di sentirmi coccinella e mostrarmi a tutti in quella veste. Piuttosto torno al mercoledì e rifaccio il castoro.

Allora potrei esagerare e diventare ostrica

L'ostrica, di solito, è bisessuale: comincia a vivere come un maschio, poi si trasforma in femmina, poi ritorna maschio e poi di nuovo femmina.

Perbacco così è forse troppo, non vorrei sbagliarmi: faccio il maschio oppure la femmina?

Tutto questo perché il venerdì è improntato, e non potrebbe essere diversamente, alla ricerca, forsennata, di sesso e lussuria.

A questo punto non esistono molte altre alternative.

Invece sarò, controvoglia e purtroppo, un mandrillo.

Sì, lo so quanto si dice sui mandrilli tuttavia è solo una credenza popolare.

Un racconto leggendario che infonde in me la convinzione che il venerdì, come ogni venerdì sarò un grande ed irresistibile conquistatore di ragazze.

In realtà il venerdì sarò sì un mandrillo ma, forse, di quelli che trenta anni fa si trovavano negli zoo di periferia, soli, tristi ed incattiviti con il mondo.

Mandrilli derisi dai pochi avventori che andavano a vederli: erano scene tristi e spietate, mandrilli che urlavano la loro rabbia. In effetti, sono da sempre contro gli zoo.

Lo so il venerdì dovrei essere felice, dovrei essere in forma e, soprattutto, ottimista.

Dovrei pregustare il meraviglioso fine settimana che si sta affacciando, ma le aspettative superano immancabilmente i risultati.

Il venerdì mattina mi sveglio e non ho intenzione né di far diete né corse mattutine, mangio quel che c'è ma poi devo passare dal bar ugualmente in quanto, secondo la teoria del mandrillo, potrei incontrare più ragazze e così prendo un altro caffè e un bombolone.

Oggi penso solo alle ragazze.

Quella alla cassa ha circa cinquant'anni e certo non si può definire ragazza. A dire il vero io sono molto vicino alla sua età ma il venerdì potrei dichiarare anche di avere dieci o anche venti anni meno; Poi se devo sperare di fare una conquista vorrei sperare che si tratti di qualcosa di meglio.

In sincerità stanotte, dopo che mi avranno detto di no almeno cento donne quella grassona, cinquantenne, sdentata, strabica della cassa diventerà merce prelibata. A guardare il suo atteggiamento con i clienti è pure davvero antipatica.

Al bancone c'è una bella ragazza che serve il pubblico.

«Buon giorno» e mi sorride.

«Buon giorno» e sorrido.

«Desidera?» sorride ancora ma un poco più forzatamente.

«Sì, desidero» credo di essere spiritoso.

«Mi scusi non ho capito... cosa desidera?» ora non sorride più, anzi appare preoccupata.

«No, dai scherzavo diamoci pure del tu» sorrido amabilmente, cioè credo di sorridere amabilmente.

«No, diamoci pure del lei... cosa desidera?» pare arrabbiata.

«Ok, ho capito: poco senso dell'umorismo... vorrei un caffè e un bombolone» ora anch'io smetto di sorridere.

«Deve fare lo scontrino alla cassa e poi può tornare a ordinare, grazie» lo afferma con ferocia.

Ecco lo sapevo, ma è venerdì e non mi perdo d'animo.

Mi avvicino alla cassa e già la signora mi pare migliorata: non è poi troppo strabica, neppure troppo grassa, nemmeno troppo sdentata...

«Salve» sfodero un sorriso ammaliante. Almeno sempre credo.

Lei mi gela: «Ascolta ho visto la scena: se ci vuoi provare con me come la ragazza vai subito al dunque perché non ho tempo da perdere. Stasera da me o da te?!» mentre batte lo scontrino del caffè e del bombolone.

Dunque a questo punto sono sorpreso e devo fare il punto della situazione che ancora una volta si rovescia.

Ho pensato avesse cinquanta anni ma in realtà osservata con attenzione siamo intorno ai cinquantasette forse anche cinquantotto... non escludo sessanta.

Peso stimato cento, centodieci chili. L'altezza è difficile da dire poiché sullo sgabello, ma deve essere al massimo un metro e mezzo.

Molto pelosa, almeno sul viso… assomiglia a Giuseppe Garibaldi, ma obeso.

È sdentata ma in modo armonioso… uno sì e l'altro no; sembra che siano stati estratti volutamente per fare effetto "pettine".

Da lontano inoltre non si percepiva l'odore di sudore misto ad alcool e fumo di sigarette.

«Sono tentato, ma purtroppo devo non accettare l'invito» dico con un sarcasmo che non verrà colto.

«Peggio per te non sai cosa ti perdi. Brutto bastardo! A dire il vero lo facevo perché mi fai pena. Secondo me sono anni che non hai una donna» mi dice con disprezzo.

Non raccolgo provocazioni prendo lo scontrino e torno al bancone.

La ragazza mi guarda divertita. Prepara il caffè mi porge un bombolone e non dice nulla ma ride in modo incontenibile.

La ragazza del bancone è molto carina e anche se mi sta prendendo in giro la perdono.

«Desidero!» ricollegandomi a prima e volendo sempre fare il simpaticissimo.

La ragazza diventa seria immediatamente ed estrae un telefono e digita un numero breve: «Pronto, polizia?!».

Sono già nel corso e fuggo lasciando il bombolone al primo morso.

La mia fuga è senza meta potrei essere davvero come il mandrillo nelle foreste vergini dell'Africa.

A questo punto devo ritrovare la via per l'ufficio ma le distrazioni sono tante.

Ci sono molte ragazze in giro ed è venerdì... non posso ignorare tale situazione.

Questa è bellissima, mi faccio avanti «Ciao bella» sorrido.

«Vaffanculo» risposta chiara e precisa... forse non ho sorriso nel migliore dei modi.

Magari non so proprio sorridere come si deve.

Eccone un'altra, ancora più bella che avanza verso di me, provo un approccio diverso.

«Chiedo scusa, potrei chiedere un'informazione?» chiedo elegantemente.

«Certo» risponde con aria solare.

«Qui nei pressi c'è una discoteca aperta questa sera?» la prendo da lontano.

«Ah sì, ce ne sono diverse... dipende da cosa cerca» noto tristemente che mi da del lei.

«Dove divertirsi incontrare gente, un posto tranquillo».

«Ma scusi... per lei o per i suoi figli?» mi gela.

Pensando che io abbia dei figli in età da discoteca vuol dire che presume che io abbia intorno ai cinquant'anni e questo già mi mette in difficoltà visto che lei avrà al massimo trent'anni.

Tuttavia ho il coraggio, meglio la faccia tosta, d'insistere: «Un posto vale l'altro... dove vai tu stasera?» sorrido con speranza.

«Io?!... da nessuna parte. Sto a casa con mio marito, i miei quattro figli, il cane, il gatto e la tartaruga» sorride.

«Grazie lo stesso» mi allontano sconsolato.

Ci saranno in giro mandrilli diversi, è evidente: alcuni che trovano molte compagne, alcuni invece che non trovano uno straccio di compagna. Pare che le popolazioni a nord del fiume Ogooué siano differenti geneticamente da quelle a sud di tale fiume, al punto di far pensare agli studiosi che si tratti di due sottospecie distinte.

D'accordo ma essere geneticamente differente non vuol dire che io sia il peggiore dei mandrilli; Devo darmi da fare! È ora di andare in ufficio e così alla fermata salgo sull'autobus.

La tratta dell'autobus da percorrere fino alla Zagor Legnami, da questa fermata, è di circa quindici minuti e dunque se desidero provare a trovare una compagna, e lo desidero, devo agire in fretta.

L'autobus è pieno e c'è anche molta gente, così, dato il rumore, credo sia impossibile tentare un approccio verbale, pertanto procedo con l'avances fisica.

Si tratta poi del famoso "piedino" oppure dell'altrettanto nota "mano morta" per poi eventualmente dare colpa ai movimenti dell'autobus.

Molta gente, troppa gente.

Da un lato meglio così in quanto c'è più scelta dall'altra è difficile muoversi.

Davanti a me una bella donna davvero appariscente tuttavia tenuta a distanza dalla presenza di due omini in posizioni tipo porta del saloon.

Un omino con cappello e uno senza ma per il resto simili nella giacca sgualcita, nell'altezza, nel colore marroncino ed anche per quanto riguarda l'odore di stantio. Omini vecchietti circa della stessa età.

Cerco di farmi largo tra i due vecchietti per arrivare a toccare, sempre casualmente, la donna, ma l'operazione diventa difficile siamo già alla seconda fermata sulle nove previste.

Tra la seconda fermata e la terza, l'omino con il capello si gira verso di me e con chiaro accento lombardo mi illustra quanto segue: «Se stai tentando di rubarmi il portafoglio ti informo che ho appena pagato la bolletta del gas e ho solo venti centesimi; diversamente se stai tentando di toccarmi il culo sappi che non gradisco ma anche se gradissi indosso un pannolone per l'incontinenza e pertanto non sono molto sensibile ».

Rimango senza parole.

Mentre penso a una risposta almeno dignitosa, giungiamo alla terza fermata e i due vecchietti simili scendono ma lo spietato con cappello aggiunge «È chiaro che ti segnalerò alle forze dell'ordine».

È già la seconda segnalazione alla polizia della giornata e sono solo le nove meno dieci.

La bella donna è stata, frattanto, inghiottita dalla folla ed è sparita alla mia vista.

Sono a disagio, l'autobus non è il mio ambiente: nonostante spesso i mandrilli vengano rappresentati in ambienti rupestri, magari mentre rotolano pietre per cercare cibo, in realtà essi sono abitanti della foresta pluviale.

Le fermate passate sono già sei e tento un altro disperato tentativo: davanti a me una donna anonima sotto ogni punto di vista, di mezz'età.

Proviamo.

Comincio ad avvicinare il mio piede vicino al suo e lei non lo sposta.

Piccoli movimenti e mi faccio coraggio strusciando il mio piede sul suo; lei non lo toglie.

Pare che ci stia. A guardarla bene è un cesso, un cesso sporco ma se le accettasse le mie avances m'infonderebbe coraggio.

Vado avanti siamo all'ottava fermata e lei scende così mi accorgo che stavo facendo piedino alla sua stampella e per questo lei non si era accorta di nulla.

Sono alla mia fermata e scendo, ore nove e cinque.

Sono, così, in ritardo.

Faccio veramente pena: la ditta sta per chiudere e io ho l'indecenza di presentarmi in ritardo?! Non ho giustificazione.

Ma cosa sta succedendo?! Ci sono centinaia di colleghi nel piazzale davanti che urlano.

Un operaio si avvicina a me e mi strattona «Bastardo è colpa anche tua. Tu sei il tesoriere sei tu che gestivi i soldi» è arrabbiatissimo.

«Ma cosa sta succedendo?» chiedo preoccupato.

«Ah non sai nulla?! leggi, allora, pirlone!» mi porge un foglio.

«Comunicato aziendale per i dipendenti della Zagor Lagnami Spa: la casa madre lituana Svarus medienos ha deciso di chiudere la Zagor Legnami Spa, comprensorio mantovano, a partire da lunedì prossimo corrente, a causa di una crisi finanziaria. Tutti i dipendenti sono traferiti alla sede lituana a partire sempre da lunedì. Il trasferimento, l'alloggio e quanto altro necessario saranno a carico di ogni singolo dipendente. Maggiori informazioni saranno date lunedì in loco. Non presentandosi si certificherà assenza ingiustificata. Saluti. Firmato la direzione Svarus medienos» porca vacca, non mi aspettavo così presto.

Oggi è venerdì e lunedì devo essere in Lituania?!

I colleghi sono davanti a me e sono davvero tanti ma urlare sventolare bandiere, minacciare ritorsioni con le istituzioni non serve a nulla.

Da lontano vedo Mauro e Ruggero che parlano, sembrano quasi sereni. Mi avvicino a loro.

«Ciao ragazzi» dico in cerca di conforto.

«Ciao caro» esclamano in coro.

«Cosa facciamo lunedì mattina andiamo davvero in Lituania?! Sono spiazzato non so cosa fare... prendiamo l'areo insieme?!» mi guardano in un modo strano.

Risponde Ruggero «Io sono arrivato un'ora fa perché mi avevano chiamato ieri sera. Mi hanno proposto un prepensionamento. Io ho accettato non potevo fare altro. Lo sai che mi manca un anno alla pensione» Mi guarda sconsolato e poi prosegue: «Che altro potevo fare? Vengo un anno in Lituania e poi magari mi spostano la pensione?! Io sono di Mantova e sono quarantanni che sono alla Zagor Legnami… non avrei voluto che finisse così. Mi spiace davvero.» Appare davvero sconsolato.

«Hai fatto bene! Anch'io potessi lo farei ma non ho l'età… vorrà dire che andremo io e Mauro. Eh Mauro?! Allora lunedì andiamo insieme?! Vedrai che in qualche modo ce la caveremo» lo guardo in cerca di rassicurazioni.

Mauro tace un momento e poi pacatamente prende la parola: «Volevo dirtelo già da qualche giorno, Ruggero è informato: ho ricevuto un'offerta. Oggi pomeriggio torno a Genova, ho trovato lavoro nella mia città. Sarò il direttore amministrativo di un'azienda di prodotti tipici liguri, meglio non mi poteva andare. Mi hanno assegnato un posto di prestigio, lo stipendio è più alto, l'azienda è solida. Pensa, sono a quattro chilometri da casa mia… È quasi incredibile. Mi spiace… mi spiace per te.» Mi guarda in attesa di una risposta.

Sono contento per loro sono delle brave persone, sensibili, onesti. Meritano tutto il bene… ma io che faccio?!

«Sono contento ragazzi, vi meritate tutto il bene» e mi sento solo e abbandonato.

«Prendiamo un caffè?» propone Ruggero.

«Si dai… tanto io qui a manifestare non ci sto» dico sempre più sconsolato.

La giornata non sarà lavorativa: ci saranno manifestazioni ma i più andranno a casa per organizzarsi al trasferimento. Alcuni non andranno e cominceranno a cercarsi un lavoro.

Siamo allo spaccio aziendale per l'ultimo caffè insieme.

«Almeno la Katerina verrà cacciata?» chiedo sperando in una giustizia divina.

«No, anzi ha fatto carriera» risponde Ruggero.

«Cioè lei ha condotto l'azienda alla chiusura e ha fatto carriera?» esterno indignato.

«Sì, te la troverai in Lituania… da direttore generale qui diventa da lunedì direttore generale là… non cambia molto, combinerà altri casini» dice ora Mauro.

È un caffè amaro!

Ci promettiamo di telefonarci, di scriverci e ci lasciamo tristemente. Un abbraccio fraterno suggella il distacco.

Si sa come vanno queste cose: all'inizio ci si scrive molto e si sprecano le telefonate ma poi le cose cambiano.

Intendiamoci, noi ci vogliamo bene davvero e ci stimiamo ma poi ognuno sarà preso dai propri problemi. La vita, spesso, è un affanno.

Mauro è salito in auto e saluta con la mano, quasi sembra che gli scappi qualche lacrima.

Anche Ruggero saluta seduto sullo scooter e parte a manetta.

Io sono a piedi, in tutti i sensi.

Mauro è di Genova e tornerà a Genova, Ruggero è di Mantova e resterà a Mantova, io, che non sono Lituano, andrò in Lituania.

Qualcosa non quadra, ma sempre per me.

Consulto l'orario per l'aereo, a carico mio, sul telefono e compio la prenotazione nonché il pagamento fornendo i dati della carta di credito.

Lunedì mattina ore 4,27 avrò il volo. Orario anche comodo.

Faccio presto a lasciare tutto giacché qui non ho nulla a parte i due amici appena salutati.

Oggi però rimane la giornata del mandrillo e non solo comincio a fantasticare sulle conquiste che farò in Lituania ma decido che sarà un venerdì alla grande per salutare Mantova. Decido di tornare a casa il summit davanti alla Zagor Legnami non m'interessa. Non servirà a nulla.

A casa decido con azzardo di vestirmi come Elvis al concerto dalle Hawaii del 1973, evento che fu trasmesso via satellite in molti paesi del mondo. Per l'occasione, appunto, Elvis voleva un costume che rappresentasse l'America, così Bill Belew produsse un vestito bianco con disegnata l'"American Eagle" in gemme rosse, oro e blu. Il tutto era accompagnato con una cintura decorata con un "American Eagles" dorate ed anche mantello.

Decido con audacia di indossare anche i mitici occhiali dorati anni Settanta, che accompagnavano Elvis Presley in tutti i suoi concerti, quelli che furono battuti all'asta a oltre sedicimila dollari, anche se i miei li ho comprati a dodici euro. Sarebbe un azzardo anche essere vestito così in discoteca, di sera, oppure a una festa, ma lo è certo di più essendo le undici e quaranta di un venerdì mattina qualsiasi. Mantova non è pronta a tanto.

Il mandrillo è una scimmia assai variopinta: sul dorso il pelo è bruno scuro, con sfumature verde oliva, sul petto invece è giallastro, sul ventre diviene di consistenza ovattata ed è di colore biancastro, mentre sui fianchi è presente una fascia divisoria fra il pelo del dorso e del ventre, di colore bruno chiaro.

Io con il mio abito ho il desiderio ma anche la necessità di mettermi in mostra proprio come la mia natura da Mandrillo m'impone.

In tutto il corpo, il pelo è un po' ruvido e ispido.

La testa del maschio è di dimensioni eccezionali rispetto al corpo, facendo quasi pensare a quella di un cinghiale. Dietro le orecchie si nota una macchia glabra bianca, mentre il naso arde d'un rosso cinabro ed i rigonfiamenti delle guance splendono di un blu fiordaliso: i solchi, che dividono questi rigonfiamenti, appaiono di color nero. Le orecchie piccole e quasi celate dal pelo sono chiare, giallo-biancastre. Una mascherina nera incornicia gli occhi bruni, una barba giallo limone orna il mento.

Qualcuno a trovarsi vestito come Elvis per le vie di Mantova e soprattutto ad avere addosso gli occhi di chiunque proverebbe vergogna ma io no.

Il mandrillo esibisce con orgoglio il suo scroto color rosso vivo figuriamoci un vestito da Elvis. Al momento mi viene da pensare: chissà di che colore aveva lo scroto Elvis? Ma non troverò risposta.

Un uomo solo si può gestire come desidera ed è libero di fare quello che vuole anche di andare in Lituania lunedì, come vestirsi da Elvis senza paura di incontrare la propria figlia che lo apostroferebbe « Sei un povero cretino…» ma lo svantaggio che nel momento in cui ci si ferma a pensare si è perduti. Si è soli.

Ruggero ha una famiglia meravigliosa e riesce a coltivare il suo hobby - sport della canoa e così Mauro, anche lui con famiglia stupenda, arbitro di ciclismo io ho tutto il tempo che voglio ma non è quello che voglio.

A proposito non l'ho mai detto a Mauro ma dov'è la goduria a fare l'arbitro di ciclismo e poi che razza di passatempo è?! Cioè lui fischia se una ciclista da una gomitata a un altro?!

C'è da ricordare Coppi e Bartali… «Quella borraccia passata tra i due, momento magico e mai svelato catturato da una foto di Carlo Martini sul passo del Galibier, durante l'ascesa verso la mitica Alpe d'Huez. Era il Tour de France del 1952,

Fausto Coppi indossava la maglia gialla e quel passaggio di borraccia mostrò al mondo quello che qualcuno aveva già capito, oltre le parole: una storica rivalità può nascondere in sé una grande amicizia».

Immagino Mauro fischiare, fosse stato presente, per impedire l'evento e poi urlare: «Ma che cazzo fate?! Andate avanti... pedalare!» e il mondo grazie a Mauro sarebbe stato diverso. Niente fotografia del famoso passaggio della borraccia per colpa di Mauro.

Lasciamo stare: io sono solo, loro con famiglie e con hobby interessanti... almeno Ruggero.

Tutti mi guardano, i più' ridono, qualcuno mi fotografa... è il momento dell'aperitivo, tanto per indurre il mio ego a mostrarsi più sicuro.

Cominciamo da una caipiroska

Ecco entro qui e chiedo: «Buon giorno vorrei una caipiroska»

Il ragazzo mi guarda, guarda l'orologio e mi riguarda.

Legge un piccolo manuale a voce alta: «Preparare in un tumbler basso con un lime tagliato a cubetti su cui versare un paio di cucchiaini di zucchero... preferibilmente di canna».

Mi guarda e mi domanda: «Cos'è tumbler basso?».

«Non ho idea, immagino un bicchiere...» dico con non curanza.

«Eh no, deve essere sicuro altrimenti viene male e poi si arrabbia con me... ah, avevo dimenticato un pezzo: qui è scritto anche di versare il ghiaccio a scaglie e successivamente la vodka».

«Va bene, bene. Sono sicuro è un bicchiere!».

«Allora perché non scrivono bicchiere?!» mi chiede preoccupato.

«Scusa ma io che ne so?! È un bicchiere, ne sono sicurissimo» taglio corto.

«Perché sei vestito da Elvis?!»

«Io sono Elvis. Dicono che sia morto molti anni fa a sono venuto a vivere a Mantova» ironia di basso livello.

"Davvero?! Ma lo sai che non sei invecchiato per nulla?! e poi parli anche bene italiano!» deve essere un pazzo che oggi ha deciso di fare il barista.

«Ascolta giovanotto: mi fai il drink oppure me ne vado?!» lo guardo con atteggiamento adirato.

«Si vede che sei americano... ti è scappata la parola drink» dice apparentemente convinto.

Mi alzo a faccio per andarmene ma per fortuna entrano tre signore poppute, molto poppute che mi convincono a restare.

Lui insiste: «Ascolta Elvis: l'ultimo problema è che non ho cannucce corte e qui è scritto che va servito con cannucce corte.»

«Dammi una vodka liscia».

Le tre donne si avvicinano al bancone e mostrano con orgoglio tutta la loro mercanzia.

Il mandrillo dopo un momento di smarrimento si trova a proprio agio ed è contento di aver scelto quel locale.

Di mattina è più difficile lasciarsi andare con l'alcool, per gli altri intendo, tuttavia osservo le mosse delle signore.

Intanto mi osservano e ridono.

«Tre spritz!» dice la più anziana.

Rapidamente le osservo.

Quella che appena ordinato avrà quarantacinque anni, mora, gioielli in ogni angolo e ciccia che straborda da ogni pizzo, tacchi a super spillo. Roba da sbarco in Normandia.

La seconda assomiglia alla prima, ma molto più giovane,

potrebbe essere la figlia della suddetta. Sempre mora senza gioielli... solo un ciondolo. Sembra più morigerata, ma mai escludere.

La terza è sulla scia della prima sempre sui quarantacinque tuttavia bionda.

Anelli, cavigliera, bracciali, collane, orecchini, piercing. Minigonna di pochi centimetri.

Parlano di maschi e bevono.

«Dammi un'altra vodka» e continuo ad osservarle.

Loro bevono di brutto pur essendo solo mezzogiorno alternando il tutto con piccoli stuzzichini. La bionda addirittura inscena maliziosa una scenetta con un salamino.

A questo punto sono pronto per saltare sulle mie prede che, in effetti, dopo le prime risate m'ignorano totalmente.

Come sempre avviene per gli animali fuori del comune, anche sulle spalle del mandrillo gravano innumerevoli favole e leggende. In certe storie d'avventure il mandrillo, temuto più che il leone e il leopardo, assale gli uomini, aggredisce le donne e penetra nei villaggi, dove si abbandona al più sfrenato saccheggio. Ed io, in effetti, spero di penetrare.

Sono pronto all'orgia ma bisogna vedere se loro altrettanto. Mi avvicino con in mano la quarta vodka e faccio intanto caso che il barista mi sembra rinsavito.

«Ciao belle ragazze» penso sia l'approccio migliore.

Prima mi osservano e poi scoppiano in una risata fragorosa. Sono carico d'alcool e sono un mandrillo, non mi faccio demoralizzare da una risata.

E insisto: «Posso unirmi al vostro meraviglioso gruppo?» e ammicco.

Non faccio in tempo a terminare la frase ed entrano tre uomini.

Sono vestiti elegantemente, mostrano orologi costosi, scarpe lucide, cravatte di seta.

Il barista porta una cassetta nell'altra stanza.

Uno mi osserva e mi saluta «Ciao Elvis».

Si baciano, anche in modo spinto.

Il gruppo ben si amalgama e mi esclude. Il più vecchio lascia una banconota da cento euro sul bancone e mi dice: «Giovanotto fammi una cortesia: visto che il barista è andato di là digli che ho lasciato questa per pagare per le ragazze» si alzano e salutano.

A questo punto rimango solo e l'unica cosa che posso fare è intascarmi i cento euro per poi dire al barista appena tornato: «Che schifo, quelle tre baldracche sono andate via senza pagare. Andranno a farsi chiavare da quei tre porci per pochi euro».

Il ragazzo mi guarda inespressivo e aggiunge: «Non ho paura di perdere i soldi ... la bionda è mia madre»".

Lentamente metto una banconota sul bancone, la banconota da cento e lui mi da il resto mentre mi osserva come se aspettasse di ascoltare qualcosa di saggio.

«Grazie di tutto a presto. Salutami la baldrac... cioè la mamma» scappo in strada.

È mezzogiorno e mezzo, sono già ubriaco mentre lo splendente vestito da Elvis comincia ed essere macchiato di stuzzichini.

Ci vorrebbe un po' di fortuna nell'incontrare una femmina di mandrillo... una mandrilla. Le femmine sono più piccole, anche la metà di un grosso maschio, aggraziate e minute.

L'alcool mi sgrazia ulteriormente l'andatura e barcollo ricercando un posto per mangiare: penso, si fa per dire perché annebbiato, che mangiando qualcosa si abbasserà l'alcool in circolo.

Giungo al McDonald!

Entro e, delle quattro casse, scelgo quella in cui lavora la ragazza più bella. Ubriaco sì ma sempre mandrillo.

C'è molta gente.

Mi osservano tutti stupiti, perplessi e forse spaventati.

Non vedo bene il menù forse è l'alcool ma tanto so già cosa prenderò.

Quella davanti avanti a me mi pare piuttosto anziana ed anche malandata ma nel dubbio, e visto che rimane il venerdì del mandrillo, io ci provo.

«Ciao bella» ma lei non si gira ed io insisto « Ehilà… Ehilà». Non si gira.

Così a voce alta, sguaiata interpreto la canzone "My way" in versione Elvis

«Regrets, I've had a few… But then again, too few to mention… I did what I had to do and saw it through without exemption… I planned each charted course, each careful step along the byway… And more, much more than this, I did it my way» Io so che era di Frank ma l'ha cantata anche Elvis.

La gente è esterrefatta ma io continuo e alzo ulteriormente la voce: «Yes, there were times, I'm sure you knew… When I bit off more than I could chew… But through it all, when there was doubt… I ate it up and spit it out… I faced it all and I stood tall and did it my way».

A questo punto lei si gira e sono io a rimanere disorientato: si tratta di una vecchietta e se i cocktail non mi mandano fuori strada potrebbe avere anche novanta anni.

Mi esce un semplicissimo: «Ciao».

«Chi sei Alfonso?!» dice lei sussurrando.

«No, non sono Alfonso. Signora!» a questo punto mi sa, ma non è detto, che non ci proverò.

Mi fissa «Sei mio nipote Alfonso?» insiste.

«No, signora sono venuto qui al McDonald a prendere qualcosa da mangiare». comincio a biascicare le parole.

«Alfonso guarda che ti stai sbagliando…. questo non è il Mcdonald è un ufficio postale… il più grande di Mantova». Perbacco è per quello che non vedevo le foto dei panini appese al muro.

Le sorrido in imbarazzo ed esco.

Apro gli occhi e mi trovo nella rotonda che da via Legnago accede alla città, devo essermi addormentato.

Ho perso, oppure abbandonato da qualche parte, il mantello; tutto sommato sono ancora abbastanza pulito ed ho ancora, miracolosamente, i miei preziosi occhiali.

In effetti, nella mattina ho già combinato un sacco di guai ma considerando che sono travestito da Elvis, e quindi quasi irriconoscibile, e che lunedì mattina sarò in Lituania, in effetti, non me ne importa molto.

Ora che mi sono riposato, ricomincio da zero: è ora che il mandrillo si dia da fare.

Forse non tornerò mai più a Mantova e non mi devo fare problemi; a dire il vero non mi sono mai preoccupato di salvaguardare la mia reputazione, figuriamoci adesso che sarò trasferito in Lituania.

Guardandomi intorno non ci sono molte donne che non mi farei e quindi vale la pena di provare sulla prima che manifesterà segnali di debolezza.

Questa ad esempio è una signora di età indefinita, peso indefinito… molto, altezza indefinita… poca.

A ben pensare ci sarebbe di meglio, ma prima che si allontani, velocemente, sostengo, tra me e me, che forse saranno almeno venti anni che non fa sesso ed io sarei un bocconcino prelibato per lei.

Magari il marito la trascura e oggi essendo venerdì sarà al lavoro... ehi un attimo: il marito potrebbe anche essere in pensione in quanto a guardarla l'età è quella.

Potrebbe anche essere vedova, magari è più vecchia oppure è single, cioè zitella... e chi se la prende un cesso simile? D'accordo... a parte me.

I ragionamenti sono molti e nel frattempo il vecchio cesso barile cellulite liquida si è allontanata all'orizzonte.

Devo essere più risoluto.

Mi viene in mente di non aver pranzato ma devo proseguire nella ricerca di una donna o qualcosa che le assomigli.

Una vigilessa.

Perbacco, una vigilessa.

Non male e certamente migliore della precedente; decido, con pensiero fulmineo, di passare all'attacco.

«Salve» la guardo con aria ammaliatrice.

«Salve» ricambia con sguardo neutro.

«Salve» insisto con il mio sguardo da conquistatore.

Ora mi scruta minuziosamente probabilmente si starà innamorando ed esclama: «Ma si sente bene?!».

Panico! Devo aver dato un'impressione sbagliata. Devo chiedere qualcosa «Mi scusi desideravo sapere dove si trova... emh... via Accademia! ». certamente prodigandosi in lunghe spiegazioni avremo modo di conoscerci meglio.

«È già arrivato: siamo in via Accademia!» mi fissa.

Che sfortuna con tutte le vie che potevo chiedere... desidero allungare la conversazione che altrimenti sarebbe già finita: «Scusi non esiste una via più lunga per arrivarci?» affermo convinto.

«Mi sta prendendo in giro oppure dice sul serio?» mi pare si stia arrabbiando.

«A che ora finisce il turno?» cambio discorso senza rendermi conto di peggiorare le cose.

«Mi segua! » afferma risoluto.

Ah forte… forse ha appena finito il turno, magari vuole andare da lei. È sfacciata, la apprezzo. A guardarla bene però non mi pare molto bella.

«Non aspettavo altro» e la seguo.

Magari a casa sua mi ammanetta, ci divertiremo un sacco.

Desidero rompere il ghiaccio: «Ma come ti chiami?» la guardo ingolosito.

Mi osserva con commiserazione, ma non ne capisco il perché e risponde con un secco «Amilcare».

Sì immagino che Amilcare sia il cognome e così vado avanti con la brillante conversazione « Sì, d'accordo, ma io intendevo chiedere il nome non il cognome…».

«Mi chiamo Amilcare Mantovani» è quasi spaventata e mi pare ancora più brutta.

Perbacco ed io che ho sempre pensato che Amilcare fosse un nome da uomo… forse è femminile, forse è un errore dell'anagrafe.

«Lo sai che il tuo nome sembra da uomo? Te l'hanno già detto?» le chiedo pensando di essere ormai arrivato a casa sua.

«Ascolti ormai siamo al comando dei vigili… non dica altro» mi si avvicina alla faccia e noto sotto il naso un gran paio di baffi.

A questo punto se fosse stato solo il nome, magari non avrei fatto la domanda con tale ineleganza ma essendoci anche questi grossi baffi rossi non mi trattengo a costo di sembrare indelicato: «Ma scusa… per caso sei un uomo?».

Non risponde, ma mentre varchiamo la porta del comando, un collega gli va incontro con entusiasmo: «Amilcare complimenti ho saputo che sei diventato papà per la sesta volta. Davvero complimenti. Come sta tua moglie?».

«Mia moglie è in gran forma, ti ringrazio Sergio. Scusami ma devo accompagnare Elvis… pare abbia problemi».

Perbacco e perdincibacco… ho sbagliato qualcosa, mandrillo sì, ma mandrillo stordito. Non è brutta solo come donna, ma anche come uomo.

Mi fa accomodare in un piccolo ufficio ed esce chiudendo la porta.

A questo punto sono in trappola, mi faranno stare qui ore, magari multe, magari perdo la serata del venerdì sera. Sono spacciato.

Nel momento stesso che Amilcare è di ritorno insieme a due colleghi mi viene un'idea luminosa.

I tre mi osservano spaventati ma prima che possano dire una cosa qualsiasi esordisco con: «Vi chiedo scusa. Ho chiesto aiuto poiché ho perso gli occhiali…» e attendo con fiducia una loro risposta.

«Ah volevo ben dire Amilcare… non è pazzo e neppure drogato. Sì, in effetti, è vestito in modo appariscente» mi indicano.

«Scusa Toni… ma gli occhiali li ha indosso» dice ora il baffuto ex vigilessa.

«Sì è vero» risponde l'altro ora perplesso.

Allora rendendomi contro della buca da me stesso scavata cerco di uscirne:

«Sì ma questi sono da sole, io ho perso quelli da vista» chissà come sono andato.

«Ah questo è logico» dice il collega di Amilcare… cioè il vigile chiamato Toni.

Allora il terzo vigile chiude la partita: «Dunque si è trattato di un malinteso. Amilcare accompagnalo dall'ottico e stai lì finché non ha comprato un bel paio d'occhiali così non è più un pericolo né per lui néper gli altri» Amilcare mi scruta però con sospetto. Non l'ho convinto.

Durante il viaggio verso l'ottico mi domando come un mandrillo seppur arrapato possa desiderare di accoppiarsi con un vigile baffuto e cerco di esortarlo a non accompagnarmi perché non vorrei essere costretto a comprare gli occhiali davvero visto che io ci vedo benissimo.

«Signor Amilcare può anche non accompagnarmi, non vorrei disturbarla» dico con fare impacciato.

Lui è indisposto nei mie confronti:  «Lei ha già disturbato abbastanza».

Eccoci dall'ottico.

Entriamo ed io cerco di mandarlo via: «La ringrazio, ora può andare» spero che si rassegni.

«No, aspetto che abbia finito, io gli incarichi li porto sempre in fondo» è
furioso.

A questo punto mi pare ovvio che sia costretto a fingere di non vederci e a comprare degli occhiali.

Finalmente dopo che il mio bancomat ha segnato un addebito di euro duecentonovanta, il severo vigile Amilcare Mantovani si congeda.

Io rientro in negozio e tento di restituire gli occhiali gridando al miracolo: «Io ci vedo… grazie Sant'Anselmo, grazie» invoco il patrono di Mantova «Vorrei restituire gli occhiali per chiederne il rimborso. Sant'Anselmo mi ha fatto la grazia».

Cinicamente il commesso dice «Magari richiamiamo il vigile che era con lei, sarà contento di sapere del miracolo» Evidentemente ha capito che qualcosa non quadra.

Allora mi arrendo «Forse ha ragione lei… è meglio tenere gli occhiali in ricordo di questa giornata miracolosa».

A questo punto mi trovo già a tre quarti del venerdì allegge-
rito di molti euro, senza conquiste.

Il mandrillo non si rassegna facilmente e stabilisco di essere
già in orario da aperitivo.

Vorrei andare dove trovare la movida.

Vorrei trovare confusione, ragazze ubriache che si dimena-
no… animali sociali che vivono in grossi gruppi, composti
da un numero variabile di femmine e da un unico maschio
dominante. Io vorrei essere quel maschio.

Poco si sa dell'entità media di un gruppo: pare che il gruppo di mandrilli di maggiori dimensioni conti milletrecento
individui e si trovi nel parco nazionale di Lopé, in Gabon.
Magari anche qui a Mantova ci sono dei gruppi ben nutriti.

In un certo senso è pomeriggio, nel senso più corretto…
per l'orario, ma tuttavia in un altro senso è sera in quanto io
sono già all'aperitivo come se avessi lavorato tutto il giorno,
fatto una corsa rinfrancante, una doccia ristoratrice e fossi
in procinto di cenare con gli amici.

In realtà sono sudato e comincio a puzzare. Il mio vestito di
Elvis ora è sgualcito e sporco e assomiglia di più alla divisa
di un imbianchino… naturalmente sporca.

Ho gli occhiali da vista indosso ma sopra agli occhiali da
sole e questo perché in tasca non vorrei perderli ma un po'
l'imbrunire un po' perché con lenti potentissime le persone
mi appaiono diverse sembrano compresse, ovali.

Le facce sono, sembrano tutte piene di botulino.

A Mantova ci sono dei localini deliziosi dove consumare gli
aperitivi: mi butto sul bancone e consumo più' stuzzichini
possibile.

I mandrilli sono animali onnivori: avendo abitudini principalmente terricole, la loro dieta si basa su frutti caduti,

foglie, bacche, insetti e piccoli animali. In alcune occasioni i mandrilli, soprattutto grossi maschi solitari, sono stati osservati cacciare attivamente e nutrirsi di esemplari adulti di cefalofo... che poi è una specie di antilope ma io mi accontenterò di queste tartine al prosciutto crudo.

Credo di risparmiare dei soldi mangiando le tartine invece della cena e spendo una fortuna in aperitivi.

Nel locale dove mi trovo c'è della bella gente ma io sembro invisibile, malgrado l'abbigliamento, e nessuno mi nota.

Sono ragazzi e ragazze più giovani... alla mia età quasi tutti hanno la famiglia oppure frequentano altri locali: questa ragazza vicino a me avrà venti o venticinque anni e quindi altrettanti meno di me.

Quest'altra di schiena è l'unica babbiona... non credo che stia di spalle appositamente come fanno le mandrille.

Il segnale di disposizione all'accoppiamento da parte della femmina del mandrillo, infatti, consiste nel suo mostrare il posteriore al maschio, che a questo punto... beh ma questa è veramente orrenda. Sembra un sacco di spazzatura buttato da un'auto in corsa.

Dunque escludendo la babbiona provo ad attaccare discorso con ogni ragazza presente e ad ogni rifiuto ordino un nuovo aperitivo.

Alle venti e trenttotto tutte mi hanno risposto di andarmene ed io sono ubriaco marcio.

«Quanto devo?» farfuglio alla cassa non riconoscendo se si tratti di un uomo o di una donna.

«Centosessanta euro e venticinque centesimi... facciamo centosessanta euro» dice con un ghigno.

Non so come, e se, sono tornato a casa.

## Sabato da maiale

Mi sveglio rintronato il sabato mattina e realizzo, solo ora davvero, che tra pochi giorni, anzi ore, mi troverò in Lituania a intraprendere un lavoro che, probabilmente, durerà poco: non conosco la lingua lituana e per quanto riguarda l'inglese posso intrattenere una piccola conversazione in un pub con qualche sporco ubriacone, ma non certo essere un efficace tesoriere internazionale.

Magari hanno già deciso di cacciarci o farci arrendere oppure hanno pensato di destinarci ad altri lavori.

Immagino che potranno mettermi nei boschi a tagliare gli alberi.

Sì, credo che abbiamo un piano in testa ben preciso, ma non mi dispiacerebbe fare il boscaiolo, seppur così lontano.

Oggi è sabato e come tale inspiegabilmente mi trasformo in un maiale.

Seppur in pensiero per questo trasferimento non mi oppongo alla mia natura e mi lascio andare alla trasformazione.

Mi viene in mente, probabilmente senza riferimenti precisi, una storia di Noè a proposito del vino.

Il vino, o l'alcool che ancora ho in corpo da ieri sera, a seconda di chi lo beve, può trasformare un individuo in agnello e questo sarà mansueto ed arrendevole, in un leone e così sarà attaccabrighe, in una scimmia e quest'individuo sarà irragionevole e chiassoso oppure, come capita a me, in un maiale e quest'ultimo, cioè come me, sarà destinato a rotolarsi nel sudiciume.

Forse se ieri sera non avessi bevuto troppo oggi non sarei diventato un maiale ma è purtroppo la storia di ogni sabato mattina. Il suino, Sus scrofa domesticus, è chiamato comunemente maiale o porco.

Rassegnato dall'imminente viaggio e sconsolato per il triste venerdì del mandrillo casto appena concluso, decido di lasciami trasportare dalla mia natura fino al bar sotto casa per fare una mastodontica colazione all'insegna del puro piacere della gola.

Il sabato, infatti, sono sempre particolarmente goloso.

Mi siedo a un tavolo e con gioia assaporo gli aromi che si spandono per il locale: non si tratta propriamente di un bar ma piuttosto un locale tipico più vicino alla pasticceria.

Ordino alla gentile signora tre dolci tipici.

«Salve signora... vorrei una tazza di sugolo, una fetta di Elvezia e una fetta di sbrisolona».

Il sugolo è una sorta di budino di origini antichissime della vita contadina che si prepara nel periodo della vendemmia usando il mosto pigiato legato con la farina. Potrei dire un budino d'uva, squisito.

La torta Elvezia sarebbe, meglio è, un dolce costituito da tre dischi rotondi di pasta di mandorle, zucchero e albumi montati fatti cuocere nel forno e farcito con due strati di zabaione e cioccolato ed eventualmente con altri ingredienti, e come nel mio caso, come panna montata o gocce di cioccolato fondente. Sublime.

La torta sbrisolona, nota anche come la torta delle tre tazze, per via degli ingredienti in misura uguale: le farine, bianca e gialla, e lo zucchero. Ad essere più precisi ci sono anche le mandorle che mi piacciono davvero moltissimo. Deliziosa.

«Mi scusi... vorrei anche due bicchieroni di succo di mirtilli e un caffè».

Davanti a me una bella ragazza mi osserva attentamente mentre sorseggia un piccolo bicchiere.

Arriva velocemente la mia ordinazione e comincio a divorare sguaiatamente mentre la ragazza mi scruta; non riesco bene a capire la sua espressione forse sembra incuriosita, però anche compiaciuta, pare voglia dirmi qualcosa.

Nel dubbio per rilassarmi mi gratto lo scroto.

Mentre tracanno il secondo bicchiere di succo di mirtilli la ragazza si alza e si para davanti a me e subito esclama: «Non ci posso credere! Ti ricordi?! Tanto tempo fa siamo usciti insieme…»

Poso il bicchiere e pur sapendo di non essere mai uscito assolutamente con nessuna ragazza, se non fosse per pagare l'ospitalità notturna a quel gabinetto della vicina di casa sarei vergine, vorrei approfittare della situazione ma aprendo la bocca per rispondere rutto, pari ad un tuono, e il suono echeggia per il locale.

Lei subito si ripara dicendo: «No, mi scusi mi era sembrato…» ma a quanto pare le mie viscere in disaccordo manifestano il mio umore e così parte anche una scoreggia che fa desistere alcuni clienti dall'entrare nel locale.

Quasi piange mentre io mi giro come per vedere se il mio spettacolo sia stato apprezzato dal nutrito pubblico.

A tutto c'è un limite tanto che la signora che aveva portato le torte si avvicina intimandomi: «Guai a comportarsi così! Sarò costretta a chiederle di andarsene… ma crede di essere a casa sua?».

«No, di certo… il sabato mattina, le poche volte che mangio a casa, faccio colazione direttamente seduto sul water per potermi liberare immediatamente…» la mia frase ha un effetto riduttivo sul numero delle ordinazioni di torta al cioccolato.

«Se ne vada immediatamente, le offriamo noi la colazione» la signora indica la porta mentre la gente applaude.

Le fette di torta erano davvero grandi sento che l'ombelico sta per saltare via.

A dire il vero mi sento tutto gonfio a cominciare dalla faccia: nell'anatomia generale, il maiale domestico non si discosta molto dal cinghiale, come quest'ultimo possiede infatti un caratteristico grugno mobile e adatto a grufolare nel terreno, una pelle spessa e dotata di uno strato di grasso sottocutaneo, la stessa formula dentaria e canini trasformati in zanne.

Ho qualcosa tra i denti ci vorrebbe uno stuzzicadenti, magari è un pezzo di mandorla.

Proprio in quel momento una ragazza getta una carta a terra e una signora anziana di fronte a lei comincia a riprenderla: «Ascolta giovinetta: non devi sporcare il marciapiede, non bisogna buttare le carte. Ora ti consiglio di raccogliere quanto gettato» afferma con tono pacato.

La ragazza non è toccata dalle parole e con indifferenza risponde: «Raccoglila tu».

In realtà la raccolgo io la carta ed in fretta.

La vecchia signora sorride ed esclama: «Ecco una persona perbene» ma presto dovrà ricredersene.

Strappo un pezzo di carta da quanto raccolto e ributto il grosso per terra poi il pezzetto lo piego in quattro e uso l'angolo per togliermi il pezzo di mandorla dai denti.

Poi sputo anche un po' di sangue: «Scusi signora ma le ho sputato sul piede destro... forse però è lei che ha i piedi grandi».

La signora perdendo il suo elegante tono si allontana apostrofando sia me che la ragazza con un: «Maledetti porci».

La ragazza è già sparita e dunque solo io ho raccolto il complimento.

Appena dopo la colazione avrei una necessità, diciamo così,

di liberarmi e non ho la seppur minima intenzione di andare a casa così decido, certamente imprudentemente, di dare sfogo alle mie esigenze intestinali e ritengo che il lungo Mincio sia il posto ideale.

Molto verde, angolini nascosti, possibilità di nascondersi... ecco, infatti, questo cespuglio, peraltro mezzo rinsecchito, mi pare ideale per accucciarmi dietro a "creare" una scultura decisamente molto personale.

Mi metto dietro il cespuglio e mi calo i pantaloni, ma mi trovo legato, così decido, addirittura, di togliermeli e così anche le mutande.

Poggio i miei indumenti sul cespuglio e mi accuccio nudo completamente dall'ombelico in giù.

Sento giungere qualcosa di meccanico ma impegnato a cagare non faccio molto caso a quella che potrebbe essere un'apecar.

È questione di un attimo: il rumore di una motosega e il cespuglio davanti a me non solo è reciso di netto ma è gettato sul motocarro così come i miei pantaloni e le mie mutande mentre io incredulo non riesco a proferire parola.

L'uomo artefice della potatura radicale mi osserva e poi mi porge un piccolo sacchetto nero...

Io subito non capisco ed esclamo: «Ma come lo indosso?».

Lui risponde senza espressione: «È per raccogliere quanto hai appena fatto, maiale».

Così con le chiappe alla mercé dei passanti raccolgo e getto il piccolo sacchetto sull'apecar.

Lui sale e parte a manetta. Magari avrei potuto chiedere di recuperare i miei indumenti ma lo stupore mi ha bloccato... ed ora?

Potrei fingere di essere un runner ma credo che pochi corridori nudisti siano stati avvistati sul lungo Mincio.

La cosa grave, molto più grave, è il fatto che dentro la tasca di pantaloni ci fossero le chiavi di casa.

Per fortuna invece dentro la tasca della camicia mi rimane un bancomat.

È a quel punto che passa Ruggero con la moglie: ci osserviamo reciprocamente, lui perché evidentemente non riesce a capire perché io sia in quello stato io perché in attesa di una sua reazione.

A dire il vero dice quanto non mi aspetto ma mi fa piacere: «Fossimo ancora colleghi ci divertiremo alla grande...». e poi aggiunge alla moglie «È quello strano di cui ti ho parlato, il tesoriere».

Prosegue oltre ma l'avrei fatto anch'io. Ruggero resterà a Mantova ed intrattenersi con la moglie e un uomo nudo potrebbe far pensare alla maggior parte delle persone.

Già che ci sono scoreggio: farlo all'aria aperta nudo da un senso di libertà impareggiabile.

A questo punto mi reco al primo bancomat e faccio un prelievo e poi veloce mi precipito in un negozio per acquistare slip e pantaloni.

Non mi rimane altro che dedicarmi a un pranzo imperiale tipo matrimonio e così mi presento nel primo ristorante: «Buon giorno, vorrei un tavolo da solo in un angolo appartato dove mangiare... molto e bene... da solo, in santa pace».

Mi accompagna senza dire nulla, è una ragazza discreta che esprime dolcezza.

Mi porge il menu: «Sono a sua disposizione, mi chiami pure quando ha scelto» e mentre fa cenno di andarsene sono a fermarla «Ho già scelto: vorrei cominciare con un antipasto. Pancetta di Tabellano, pancetta brasata, coppa cotta nel vino, spallotto mantovano, salame dell'alto mantovano.

Mi porti anche acqua frizzante per favore e del vino… per il vino però vorrei del sangiovese romagnolo. Grazie. Poi dopo ordinerò il resto» mi fa un cenno con il capo e sorride mestamente.

In breve torna con un carrello e una distesa enorme di salumi: in effetti, non avevo specificato la quantità.

Mi riempie la tavola, versa il vino e si dilegua sempre sorridendo.

Mi tolgo le scarpe, mi slaccio i pantaloni peraltro scomodi perché appena comprati e mi butto sul cibo voracemente.

Gli altri avventori del locale mi guardano ed io alzo il calice di vino in segno di brindisi, tuttavia il loro sguardo pare più di disgusto.

Ho quasi terminato l'antipasto ma in preda al richiamo della gola faccio un cenno alla ragazza che si precipita alla mia corte: «Dica pure».

«Burp… scusi… vorrei un assaggio di primi… burp… maccheroncini al torchio con stracotto di manzo, tris di tortelli mantovani… ciliegia, erba amara, zucca… tagliatelle nostrane all'erba di San Pietro con stracciatella di bufala, tagliatelle nostrane con ragù d'anatra, bigoli al rosso del vicariato di Quistello con ragù alla mantovana, risot Menà, capunsei dell'alto mantovano maccheroncini al torchio al pesto dei Gonzaga … poi come primi forse potrebbero bastare, non vorrei esagerare. ».

Giungono così altri due camerieri per portare un nuovo tavolo da affiancare al mio poiché per quello che ordinato non è abbastanza grande.

Le portate arrivano sotto gli occhi increduli degli altri clienti e, addirittura, parte spontaneo un applauso.

Alla prima forchettata dei maccheroncini al torchio al pesto dei Gonzaga un rigurgito mina la mia serenità, tuttavia attestando un altro rutto proseguo imperterrito e richiamo la ragazza.

Senza troppi convenevoli e continuando a ruttare incessantemente richiamo i secondi: «Vorrei... dunque spalla cotta del Po con cipolline borretane in agro dolce, taglio di manzo alla Gonzaga con grigliata di verdure, anatra agli agrumi con patate, lumache con bietole, costata di manzo alla griglia con patate, Grana Padano con mostarda di mele e zucca mantovana, Parmigiano Reggiano con mostarda di pere. »

A questo punto si raduna una piccola folla intorno a me e cominciano a fare scommesse se sia possibile o meno terminare tutto quel cibo.

Le mie forchettate sono più lente e lo spazio nello stomaco ormai è terminato.

Scattano fotografie con i telefoni e mi osservano come attendere la mia resa.

Mi ritrovo quasi addormentato con la forchetta in mano mentre la cameriera mi si avvicina con il solito cortese sorriso: «Si sente bene?».

La guardo senza capire bene, ma tento di rispondere... è un attimo e la investo con un flusso di vomito interrotto che la inonda travolgendola.

Addirittura cade scivolando nel vomito stesso; i clienti che si erano avvicinati vengono schizzati con pezzi di cibo masticato e vino rosso alla rinfusa.

La ragazza si rialza inferocita e mi attacca con tutto quello che trova: mi spacca in testa piatti bicchieri; desidera finirmi con la grossa forchetta degli arrosti.

La fermano altri camerieri che mi sollevano in strada e mi gettano tramortito sul selciato. Mi addormento proprio mentre un cane randagio mi sta pisciando in faccia. Non me la passo bene neppure il sabato... sono sdraiato sporco di vomito, con contusioni multiple e sono dormiente.

Non sono un bello spettacolo… che razza di maiale potrei mai essere?

Le razze più antiche di maiale dovevano essere molto simili ai cinghiali selvatici, come testimoniato per esempio dalle pitture vascolari greche. La selezione artificiale ha tuttavia modificato numerosi caratteri che hanno fatto sì che molte razze attuali presentino aspetti peculiari… aver compagnia tuttavia non mi consolerebbe salvo che non fosse femminile.

In primo luogo, trattandosi di un animale da carne, si è cercato di accelerarne la crescita e di aumentarne il peso: esistono razze con esemplari che raggiungono e superano i trecento chili, ossia più del doppio di un grosso cinghiale maschio adulto.

Nel mio caso, dopo aver mangiato un pranzo faraonico, potrei avvicinarmi a tale peso.

Anche il colore della pelle e delle setole è diverso da quello del cinghiale: il classico "maiale rosa" altro non è che un animale dalla cute depigmentata, ma esistono anche maiali neri o pezzati.

Eccomi, mi sto svegliando… mi sento il maiale pezzato ed anche a pezzi.

Non riesco ad alzarmi mi fanno male sia le gambe che le braccia… è strano di solito le zampe, corte e forti, sono dotate di due zoccoli centrali maggiori e di due "speroni" laterali che, a differenza di molte altre specie di Artiodattili, spesso toccano terra e fungono da sostegno.

Ho una sensazione di nausea ma nello stesso tempo di fame… la mia gola richiama quanto il corpo non può accogliere.

Anche le natiche sono contuse… la coda può essere diritta, curvata a punto interrogativo o arrotolata a formare un ricciolo; termina generalmente con un ciuffo di setole più folte.

Dopo essermi ripreso mi accorgo che davanti a me sta scuotendo la testa Amilcare Mantovani il vigile che avevo scambiato per vigilessa... e avrei voluto anche farmelo, cioè fosse stata una donna.

Scuote la testa e farfuglia qualcosa: «Ancora tu?!».

«Mi spiace ma non mi sono sentito molto bene». dico per rincuorarlo.

«Non diciamo sciocchezze. Ci hanno chiamato dal ristorante, hai rotto e sporcato dappertutto... inoltre non hai pagato» dietro di lui altri due vigili ma a me sconosciuti.

«Brutti bastardi... sono loro che mi hanno sbattuto fuori e poi magari la roba che non mi hanno dato da mangiare non era fresca» nel frattempo sento un dolore all'orecchio e con la mano mi accorgo che una forchetta è ancora conficcata nel lobo, deve essere stata la ragazza nella concitazione della lotta.

Inutile dire che il pomeriggio trascorre lentamente nella caserma dei vigili; Amilcare è contento, in tutti gli anni di servizio non ha mai staccato un verbale così alto... è anche il record della provincia di Mantova.

A me non importa molto e non credo che lo pagherò, visto che lunedì mattina sarò in Lituania, ma fingo tristezza e rassegnazione per potermi fare andare via il prima possibile: mi è venuta fame e i vigili non sono stati così gentili da offrirmi una merenda qualsiasi.

La gola è il desiderio di ingurgitare più di quanto l'individuo necessiti. È l'ingordigia di cibi e bevande, condannata sia poiché esempio di sfrenatezza e di lascività al posto della modestia e del controllo di sé, sia come ingiustizia sociale in contrapposizione ai poveri che soffrono la fame.

Ma io ho fame e sete e seppur anche Dante condannò i peccatori di gola, costretti ad ingoiare la fanghiglia generata da una incessante pioggia fredda e nera io sono condannato ad aver fame e sete ma di bevande gassate, alcoliche e tutto quanto possa far male.

Potrei mangiare qualsiasi cosa e peraltro ogni porco è onnivoro.

Mi riposiziono come ogni santo sabato presso il bancone di un bar che dapprima funge da accoglienza per chi desidera farsi un aperitivo e poi continua per trasformarsi, a serata matura, in una specie di mini discoteca.

Mi piace molto il posto che si chiama "La tartaruga".

Le tartine sono, a contorno degli aperitivi, molte e abbondanti.

Sulle tartine sui tavoli insieme alle patatine e le altre cose del buffet si raccontano cose da veri maiali.

Infatti, è noto che i clienti di questi bar facciano pause tra un drink e l'altro, specie trattandosi di birre, e che le sane pisciate non siano seguite da un accurato lavaggio di mani.

Così intrufolandosi poi nelle tartine, tra le olive, queste mani sporche portano i loro sapori intimi e speziati alla mercé di altri che come loro, da buoni porci, non si sono lavati le mani.

Ecco, infatti, mentre gli altri pieni di amici conversano su un nuovo tipo di tablet, io scorgo un pelo riccio e rosso su un'oliva... più in là un pelo più lungo e bianco.

Osservo l'uomo calvo, pertanto non so se possa essere suo il pelo bianco o quello rosso, che si avventa sulle patatine e la sua mano riporta anche sporco sotto le unghie; L'origine è dubbia, sembra marmellata scura forse di castagne.

È davvero triste pensare che potrei essere con una scrofa

qualsiasi e invece sono a osservare il marrone sotto le unghie di un altro maiale come me il quale sta inquinando il cibo con i suoi sapori e odori fetidi; cibo che poi io senza dubbio mangerò.

Bevo e mangio, mangio e bevo: comincio ad essere finalmente sazio e certamente ubriaco.

Mi pare che vicino a me ci sia Mauro, ma non sono sicuro, ho bevuto troppo.

«Ciao Mauro» a me sembra lui.

«Non mi chiamo Mauro» dice con fastidio.

Eppure è proprio lui: «Dai, non scherzare» insisto.

«Non scherzo, mi lasci in pace» è infastidito.

«Ma dai Mauro. Siamo amici… ormai ex colleghi ma amici» insisto non capendo che l'alcool mi porta fuori strada.

«Non sono Mauro, ora basta» mi guarda con rabbia.

Lo osservo annebbiato dall'alcool e chiedo: «Allora sei Ruggero?»

A quel punto non risponde ma parte un pugno che mi stende a terra; non faccio in tempo a rialzarmi che m'investe una "schiafferia" a ripetizione.

Intervengono altre persone per fermare quella furia ma io sono già in pessime condizioni e mentre ritengo una buona idea ordinare qualcos'altro da mangiare e da bere, per frenare gli impulsi della mia vorace gola, mi ritrovo sull'ambulanza.

Ora mi rendo conto che la destinazione è l'ospedale, sono piuttosto malconcio: sarebbe una buona occasione per farmi fare anche delle analisi del sangue ma sarebbero solo cattive notizie a causa delle caratteristiche nutrizionali della carne di maiale, ricca di grassi; il porco, come già detto e ripetuto, è onnivoro, ed io invece dovrei mettermi a dieta ma non certo di sabato.

Giunto in ospedale passo ore al pronto soccorso e avrei il tempo di meditare, ma non lo sfrutto a dovere.

Nella sala d'attesa del pronto soccorso si fanno cose davvero inutili e che mai nemmeno pagati lautamente si vorrebbero fare.

Dapprima si guardano gli altri avventori e si studia la loro malattia, si desidera capire perché siano lì anche se poco importa davvero.

Questa signora avrà cento anni ed è immobile: non credo sia caduta dalla moto, eccesso di droga neppure... forse una malattia trasmessa da abuso sesso sfrenato?!

Quell'uomo sembra in gran forma... magari attende qualcuno.

Il dramma comincia quando si leggono i cartelli con attenzione, quelli dell'ospedale, i volantini messi da chi sa chi... qui ad esempio parlano della sagra della castagna ma è di due anni fa...

Ora è il turno di contare le piastrelle, dove sono le prese per la corrente, i chiodi senza quadri.

Ho trovato dodici ragnatele e ne sono anche contento.

Ho fame.

Sono dolorante, pieno di graffi lacero contusi, sanguinante ma ho fame.

È la terza volta che vado in bagno, magari mi hanno chiamato quando ero in bagno, forse si sono dimenticati di me.

La vecchia centenaria forse era venuta qui al pronto soccorso quando aveva solo ottanta anni, l'hanno dimenticata e lei è rimasta lì, ormai si è mummificata.

Magari al programma "Chi l'ha visto?" la stanno cercando... è davvero immobile.

La guardo da più vicino, tossisco, le sorrido... provo con movimenti repentini... non muove neppur una palpebra.

È morta, a questo punto ne sono sicuro. Dovrebbero portarla via.

Quasi quasi la carico e la butto nella spazzatura, tanto è piccola di corporatura... peserà come un pacchetto di grissini... un mucchietto d'ossa con pochi stracci intorno.

L'alcool che è ancora in me mi suggerisce che l'idea sia davvero fenomenale e così la cingo in modo da sollevarla per gettarla davvero nel cassonetto della spazzatura, ma prima che io compia il gesto scellerato la donna si anima e mi dice:

«Ehi giovanotto ma perché mi stai abbracciando?!»

Perbacco ma allora è ancora viva.

«Ehm... dunque, mi pareva che fosse la mia nonna, mi scusi»

«Ah... nulla caro... ma visto che ci tieni ti racconto una favola... C'era una volta un falegname di nome Geppetto. Aveva costruito un burattino di legno e l'aveva chiamato Pinocchio. Come sarebbe bello se fosse un bambino vero! sospirò quando finì di dipingerlo. Quella notte, una buona fatina esaudì il suo desiderio. "Destati, legno inanimato, la vita io ti ho donato! esclamò toccando Pinocchio con la bacchetta magica. Pinocchio, dimostrati bravo, coraggioso, disinteressato, disse la Fata, e un giorno sarai un bambino vero! Poi, rivolta al Grillo Parlante: Io ti nomino guida e consigliere di Pinocchio, aggiunse prima di svanire tra mille bagliori di luce. Figurarsi la gioia di Geppetto quando scoprì che il suo omettino di legno poteva muoversi e parlare!» la vecchia ora non si ferma più.

«Sì, ma che palle!» affermo con astio.

«Ti riferisci alla palle di Geppetto?! Magari ci fosse ancora il mio povero marito, altro che Geppetto... lui sì... e poi sai cosa aveva davvero di legno?!» dice con orgoglio.

«Guardi lasciamo stare, non mi interessa né degli attributi di suo marito e neppure quelli di Geppetto, anche se si trattasse di roba da guinness dei primati.»

Lascio la vecchia che riprende il racconto di pinocchio mentre mi avvicino all'oggetto dei miei desideri: il distributore automatico.

Prima di tutto faccio incetta di monete al cambio automatico e così ho cento euro in monete da uno.

Girella C72… dunque… cioccolata con riso soffiato C73… patatine piccanti D82… crakers no, non mi vanno… bounty C74… poi in preda ad un orgasmo calorico le scelgo quasi tutte fino a terminare le monetine.

Non ho preso da bere, dovrò cambiare ancora, ma il led rosso segna che il cambia monete è ora fuori uso.

Comincio a masticare ma senza acqua e tutti quei prodotti così mescolati fanno l'effetto del cemento nella betoniera.

Il colpo di grazia sono delle liquirizie a rondella che sembrano platica.

Due denti rimangono attaccati all'impasto di liquirizia e continuando a masticare me ne rompo un terzo. Forse erano dondolanti per i pugni presi.

Ho la bocca chiusa sigillata e l'infermiera mi chiama: «Tocca a lei».

Mi guarda come per aspettare che dica qualcosa ma non riesco a parlare, indico solo la bocca.

«È straniero?» dice con garbo.

Apro la bocca e lei vede con orrore il contenuto: sangue liquirizia pezzi di denti, rimasugli di patatine e cioccolata.

«Ma che razza di maiale… dottore, dottore… io questo non lo voglio prendere in cura» dice risoluta.

Entra il dottore e pare capire subito la situazione tanto che trae già conclusioni affrettate: «Lavanda gastrica immediata… anche, e soprattutto, per via rettale. »

# Domenica da bradipo

Domenica mattina

La domenica è la giornata del bradipo e il significato greco del nome fornisce un quadro chiaro e completo.

Bradipo, infatti, significa "piede lento" anche se nel mio caso dovrebbe essere "tutto lento" e magari piede maleodorante.

La mattina della domenica racchiude sempre lo stesso dilemma che puntualmente non trova risposta: è meglio svegliarsi prima possibile per sfruttare al meglio tutte le ore, tutti i minuti, a disposizione di libertà e di vacanza oppure dormire il più possibile per riposarsi?

L'atroce dilemma tiene svegli già dalle cinque e venti, ma nello stesso tempo è una forza magnetica che trattiene a letto, così non si ottiene né una ne l'altra cosa: si rimane immobili sprecando tempo a disposizione e neppure si dorme.

Alzarmi sarebbe difficile, siccome l'alcool di ieri sera mi rimbomba in testa e così come ogni domenica mi riprometto quanto segue: «Ah... ma sabato prossimo non mi fregate! Io non esco per buttare soldi, ubriacarmi e finire solo e triste come al solito». Peccato che sia una promessa che si dimenticherà in fretta; giusto appunto una settimana.

Mi alzo solo quando non riesco più a sopportare l'odore che fuoriesce dal mio corpo tramite le diverse uscite a velocità, ed intensità, crescente.

Sotto le lenzuola pare di essere in galleria in autostrada dove una ventina di camionisti hanno avuto l'imprudenza di lasciare il motore acceso per parecchie ore.

Il bradipo appartiene al genere di una famiglia di Maldentati del sottordine dei Pelosi.

Sono io la domenica mattina proprio così!

Maldentato, certo, in quanto io, naturalmente, ho i denti storti e neppure tutti e poi perché il pugno ricevuto ieri ha terminato il lavoro; peloso pure... la mattina ho la barba lunga e, oramai, pure tristemente grigia. Le sopracciglie sembrano più pelose e anche le narici... anche dalle orecchi spuntano peli neri, purtroppo anche bianchi, davvero schifosi. Per fortuna non riesco, anche volendo, a guardarmi le natiche.

Maldentato e peloso.

Guardandomi allo specchio mi sembra di essere più piccolo rispetto al mio solito metro e novantuno, più rachitico.

È vero che sempre l'alcool, il freddo, le botte di ieri sera non possono certo avermi migliorato ma mi pare strano che mi abbiano rimpicciolito.

Sono davvero un bradipo e questo animale raggiunge solitamente una statura di circa sessanta centimetri.

Rimango perplesso e ripenso al fatto assurdo di stregoneria: le botte e la vita dissoluta di un sabato sera possono rimpicciolire?! Mah... non mi è chiaro il concetto.

La domenica mattina il mio corpo, mentre sono seduto sul water, si allunga più il possibile tra la tazza, appunto, e il lavandino perché ho la pretesa di liberarmi sia del mal di pancia che del senso di nausea conteporaneamente.

Essendo tuttavia solo "sessanta centimetri" finisco per fare fuori sia una cosa che l'altra.

Il resto, esiguo, della mattina lo spendo per pulire il bagno dealla mia diarrea e dal mio vomito.

Sono nudo completamente con in mano due spugnette rosa e non avendo detersivo per i pavimenti uso alcuni tubetti di dentifricio.

Abbracciato al water canto, si direbbe con ottimismo, canzoni del mio misero repertorio... «Noi ci si svegliamo e dalla mattinai' corpo sogna sulla latrina le membra riposano... ni' mezzo all'orto, che quest'è l'inno, l'inno sì del corpo sciolto. C'hanno detto vili, brutti e schifosi, ma son soltanto degli stitici gelosi i' corpo è sano, lo sguardo è puro, noi siamo quelli che han cacato di sicuro.
Pulissii'culodàgioieinfiniteconfogliedizuccadibietolaodivite quindi cacate perch'è dimostrato ci si pulisce i'culo dopo avè cacato...».

Il pianto diventa riso, il riso presto diventa amaro e così di nuovo pianto.

Mi rotolo sul pavimento con le mie spugnette: mi vedesse qualcuno potrei suscitare esclusivamente ribrezzo.

Potrei descrivermi come, sempre in preda ai residui dell'alcool e a un mal di testa faraonico, un animaletto dal tronco leggermente depresso, non panciuto. Coda brevissima, ma visibile esternamente! Perbacco appena visibile all'esterno... davvero deludente.

Ballo e scivolo sul pavimento bagnato e sporco e sbatto più volte per terra.

Sono le dodici e trenta e il bagno è sempre sporco, tanto, troppo sporco.

Una domenica mattina riposante e rinfrancane per spirito e corpo.

Penso che domani, lasciando le finestre aperte, si sarà tutto seccato e mi basterà pensare di avere un bagno marrone con striature nocciola, ma tanto sarò in viaggio per la Lituania.

Il water sembra sia ricavato dalla fusione di una dozzina di uova di Pasqua anche se appare poco credibile avere un water di cioccolata.

Sarebbe quasi ora di nutrirsi e ho sensazione della "fame

chimica" provocata dall'abuso d'alcool e così provo, ma già scettico, ad aprire il frigorifero.

Ogni domenica riscopro che il mio frigorifero viene utilizzato come scarpiera.

Dico viene, e ripeto, utilizzato in quanto all'interno vi ritrovo dieci paia di scarpe, ma alcune di certo non sono mie.

Addirittura c'è un paio di scarpe rosse con il tacco tredici numero quarantasette... io porto il quarantasei e sono altro un metro e novantuno... penso che la proprietaria, o peggio il proprietario, di quelle scarpe debba essere un colosso.

Il dilemma è capire come mai siano finite ben allineate nel mio frigorifero.

Che abbia indossato un paio di scarpe da donna di un numero più grande del mio? Non saprei neppure dove poterle acquistare.

Non so davvero se sia meglio scoprire che le scarpe siano le mie, con un numero peraltro maggiore, e che mi sia dimenticato di essermi vestito da Jennifer Lopez invecchiata oppure che qualche mio vicino, con dubbi gusti, abbia l'accesso al mio appartamento nonché al mio frigorifero.

Anche se sarò tormentato dal difficile quesito, la fame rimane e decido di uscire per andare a pranzo.

La domenica, ogni domenica, il centro di Mantova è pieno di persone eleganti e all'apparenza felici.

Famiglie che sono state alla Santa Messa e hanno indossato con cura abiti puliti e spesso anche nuovi.

Ci sono alcuni che sono stati a comprare il giornale attendendo l'ora di pranzo ormai imminente; chissà che prelibate pietanze li attendono, chissà con quale cura le loro mamme, le nonne, le loro mogli le hanno preparate.

Altri sono in giro per le ultime commissioni tipo comprare un vassoio di dolci tipici.

Ci sono in giro molte ragazze ed io ho la pretesa di osservarle con la speranza, peraltro remota, che qualcuna possa almeno sorridermi.

Il personaggio che propongo è il peggio del bradipo che oltre ad essere "Maldentato" è certamente malvestito.

Collo lungo, estremamente dinoccolato, capace di essere girato di quasi trecentosessanta gradi nel piano verticale e di cento ottanta gradi nel proprio asse. Testa piccola con muso breve e ottuso; occhi minuti e rivolti in avanti.

Uno dei quali pesto per via di uno dei due pugni ricevuti ieri; sembra certamente una prugna.

Poi è da non dimenticare che io non sono solo un bradipo maldentato peloso ma sono meglio, un vecchio bradipo maldentato peloso e la cosa è certamente peggiore.

È quasi impossibile anche sfruttando la scienza statistica che una ragazza possa sorridermi con dolcezza.

Sì è vero alle volte un animale, un animale buffo e vecchio, potrebbe indurre a sensibile compassione ma nel mio caso sarebbe certamente più vicino al ribrezzo.

È interessante tornare al mio abbigliamento, ho un cappello di color verde, sbiadito, con la scritta gara di pesca al branzino 1996... sopra ci sono alcuni vermi dell'epoca, residui di esca.

Anche in questo caso non riesco a scoprirne la provenienza: oltre a detestare la pesca il deteriorato copricapo è enorme.

Che sia sempre dello stesso proprietario delle scarpe numero quarantasette?!

Dunque a casa mia girerebbe un pescatore che ama indossare scarpe da signorina con una stazza enorme?!

Mi verrebbe in mente Terrence "Terry" Eugene Bollea... sì quel lottatore, wrestel, meglio noto come Hulk Hogan .

Cioè Hulk Hogan si è ritirato dagli incontri e non è più attore di serie televisive ma si trova a Mantova e pratica la pesca nel Mincio?!

La sera si veste in modo femminile e pare strano che non l'abbia mai visto, tenuto conto che è alto oltre due metri.

Inoltre appare ancora più strano pensare che mai mi sia accorto che viva con me.

È vero, magari pur vivendo nello stesso appartamento facciamo orari diversi ma il mio letto è piccolo me ne sarei accorto, almeno penso.

Forse è per questo che in casa mia  non c'è mai nulla da mangiare: è probabile che sia lui a dar fondo alle mie riserve alimentari.

Non mi dispiace che viva con me a mia insaputa, mi spiace che non contribuisca al pagamento delle spese.

Anche quando lo incontrerò difficilmente potrò fare la voce grossa visto il suo passato da lottatore e comunque il suo presente da gigante.

Dopo la breve ma interessante parentesi del cappello noto come se non fosse indosso a me la camicia con il colletto in parte strappato e allo stesso tempo riparato con dello scotch marrone, quello da pacchi.

Sarto non sono mai stato questo è certo.

Sopra un gilet ma oltre ad essere davvero sporco l'ho indossato alla rovescia.

Non sono sicuro di essermi vestito così perché ho un guardaroba davvero misero oppure perché l'alcool ancora circola in me, tuttavia il risultato appare davvero disarmante.

Che poi se ci fossero nell'armadio almeno le camicie di Hulk Hogan sarebbero grandi ma colorate magari stile hawaiano e poi delle belle bandane.

I pantaloni sono quelli che in teoria dovrei indossare domani, per il trasferimento in Lituania, ma li ho anche usati per asciugare il lavandino e mi pare che qua e là ci siano anche residui di peperone.

Le scarpe non sono uguali ma al limite somiglianti.

Una è marrone e l'altra rossa. Inoltre quella rossa mi pare sia di un numero superiore. Questa cosa è strana davvero considerando la dotazione del mio frigorifero-scarpiera.

Ora avrei anche l'ambizione, molto remota, di incontrare una bella ragazza che accetti un invito a pranzo oppure che sia addirittura lei che mi inviti.

Mentre penso a questo innaturale epilogo della mia passeggiata pre-pranzo mi gratto pigramente le natiche.

Come è noto il bradipo ha arti relativamente lunghi, gli anteriori sensibilmente più lunghi dei posteriori; le tre dita della mano e del piede, del tipo pentadattilo, sono avvolte dall'integumento comune fino alla base delle unghie. Queste sono, specialmente nella mano, molto lunghe, falciformi, compresse, acute ed in flessione costante. È piacevole grattarsi le natiche specie nella piazza centrale di Mantova.

E con ciò?

E con ciò nulla: mi gratto meglio ma rimango solo allontanato da tutti e pigramente mi dirigo a mangiare, sempre da solo.

Mantova è deliziosa si può mangiare all'aperto e vedere della gente mi fa sentire meno solo.

Da lontano vedo Ruggero con la famiglia, mi sbraccio per salutarlo ma lui non mi vede... forse... mi pare faccia finta di non vedermi. È probabile che abbia paura che in presenza della moglie faccia qualcosa di sconsiderevole e così lentamente, molto lentamente, mi metto a sfogliare il menù di quel grazioso ristorantino.

Dopo un'ora di meditazione ordino una pietanza a caso... uhm, un momento... precisazione doverosa, mentre attendo di mangiare mi osservo l'avambraccio: il pelame è leggero e d'aspetto singolare per l'assenza di compattezza nel tessuto corticale dei singoli peli.

Non è molto interessante ma il fatto mi tiene compagnia.

Come fa la domenica ad essere così triste?

Ho mangiato bene. Masticato lentamente, da buon maldentato, ed ora?

Mantova appare deserta, sono tutti in casa a mangiare oppure nei ristoranti.

Chi ha mangiato presto magari sta facendo un pisolino e chi è più fortunato, magari è a letto non da solo.

Potrei dormire così sarei riposato ma domani comunque, in ogni caso lunedì, riposo o no, sarebbe una giornata davvero pessima.

Peggio: potrebbe essere che ci sia, nel mio letto a fare un riposino, anche Hulk Hogan e così la domenica diventerebbe certamente devastante.

Mi conviene certamente stare sveglio così, ora che mi è appena passato il mal di testa, potrei fare qualcosa di costruttivo oppure di divertente.

Quale mai può essere il divertimento per un bradipo?

Intanto uscito dal ristorante mi siedo su una panchina di legno e decido di farmi la sacra sigaretta della domenica.

La sacra sigaretta della domenica è fatta da me, rollata personalmente.

Non è facile fare bene una sigaretta.

Spargo il tabacco necessario su una coscia in modo uniforme, cercando di raccoglierlo in una striscia per facilitare il procedimento.

Appoggio l'indice su un'estremità per tenerla ferma, mentre con l'altra mano ungolata sistemo la carta in modo che diventi a forma di un mezzo tubo.

Diciamo tubetto.

A questo punto, uso la mano libera per distribuire delicatamente il tabacco iniziando dal punto in cui tieni la cartina.

Lento, lentissimo, il bradipo fumatore.

Gradualmente, spargo il mucchietto di tabacco su tutta la superficie e livello il tabacco il più possibile per far bruciare la sigaretta senza problemi.

Non mi pare né troppo compatto né tantomeno umido.

Lo gusto con gli occhi.

Afferro la cartina con l'altra mano mantenendola tra il pollice e il medio. Alzo l'indice della mano destra. La carta adesso si trova tra l'indice e il pollice di entrambe le mani. Il tabacco è distribuito in modo uniforme, tranne nel punto in cui si trovava l'indice.

Appoggio le dita medie dietro la cartina, in modo che formino una linea retta da un'estremità all'altra. Faccio in modo che i pollici possano mantenere la sigaretta ancora aperta, perciò leggermente più in basso.

Il bradipo fumatore si gusterà la sigaretta così ben fatta.

Uso le dita per iniziare a dare una vera forma alla sigaretta.

Eccomi a rollare la sigaretta, mantenendola con le dita medie.

Ecco ho quasi fatto, ci sono ... lecco con cura e amore.

Mi metto le mani in tasca contemporaneamente per cercare l'accendino e la sigaretta dalla bocca cade su una merda vicino alla panchina.

Merda molliccia... che permette alla sigaretta migliore del mondo di conficcarsi.

Non credo che mai potrà venirmi di nuovo una sigaretta così.

A questo punto o non fumo oppure mi fumo la merda!

Va bè niente fumo, ho deciso ma mentre mi allontano guardo la merda perché non sono proprio sicuro della scelta.

Il pomeriggio è appena partito nel migliore dei modi.

Alle quattro o forse alle cinque, che poi per tutti sono le sedici o le diciassette, il centro si animerà perché alcuni negozi sono aperti anche la domenica pomeriggio ma anche perché alcuni si raduneranno con amici nei locali per un tè, oppure più tardi ancora per ricominciare a bere alcolici.

Queste due ore sono deserte e così mi allungo fino al lungo Mincio.

È deserta anche questa zona.

Chi corre non lo fa a quest'orario e io che speravo di vedere una modella australiana che corre semi svestita resterò alquanto deluso.

Che poi dipende sempre da cosa si ha a disposizione.

Attendo una modella australiana bellissima di venti anni semi svestita, tettona, e innamorata di me.

Ovviamente non la vedo arrivare così mi accontento di incontrare una modella australiana bellissima di venti anni, svestita, tettona, che pur non essendo innamorata di me decide di fare sesso con me per far dispetto al suo fidanzato.

Tuttavia l'attesa è vana e quindi mi accontento di un'ex modella australiana bellissima di anche quaranta-cinquanta anni semi svestita, tettona, che pur non essendo innamorata di me decide di fare sesso con me per far dispetto al marito.

È strano come Hulk Hogan abbia deciso di vivere a Mantova mentre ci sia l'embargo per importare modelle australiane.

Tuttavia ridimensiono ulteriormente le mie aspettative tanto che potrei accontentarmi di una australiana normalissima anche oltre i cinquanta anni tette semi cadenti disposta a far sesso in cambio di un pacchetto di tabacco quasi pieno.

Nulla, nulla di nulla.

Neppure a ridurre ulteriormente le aspettative… al momento sarei quasi entusiasta di incontrare una signora di Verona sui sessanta anni con la quale dialogare piacevolmente sull'inquinamento del Mincio ma mi ritrovo comunque insoddisfatto.

Mi accarezzo, sempre lentamente, il collo dal basso verso la testa come la direzione dei peli del bradipo… peli dal vertice della testa da dietro in avanti.

Fantasticando su ipotetici, o meglio improbabili, incontri giungono le fatidiche sedici.

Fatidiche si fa sempre per dire: so che non succederà nulla di rilevante ma pensare che cominci un po' di movida mi illude.

Con un rutto scandisco l'inizio del probabile pomeriggio movimentato.

Le casette colorate del centro di Mantova mi mettono un poco di allegria.

Sono vicine una all'altra e di pochi piani, mi piace davvero il panorama circostante: i bradipi infatti abitano alberi di circa sei o sette metri d'altezza, in boschi non troppo fitti.

Un altro rutto… deve essere probabilmente ciò che ho mangiato. Un buon pranzo ma pesante; solitamente i bradipi si nutrono di foglie, frutta e virgulti.

In realtà mi rendo presto conto che il pomeriggio inoltrato sarà divertente e movimentato per altri.

Cominciano a vedersi ragazze carine in giro.

Potrei, una domenica di queste, dedicarmi alla cultura ma è roba più da mercoledì…

Il centro storico della città è raggiungibile attraversando Ponte San Giorgio e potrei partire da lì per immergermi in una visita al castello.

Mentre comincio la mia visita, immaginaria, culturale noto,

appunto, un culo e un gran bel culo di una ragazza sui venticinque anni.

Il punto di partenza ideale è il Castello di San Giorgio, maestoso castello quattrocentesco commissionato da Francesco primo Gonzaga facente parte del grande complesso di Palazzo Ducale. Sono pigro anche nel guardare.

In alto, sulla torre di destra potrei scorgere la finestra della bellissima "Camera degli Sposi" o "Camera Picta" che il Mantegna affrescò in onore di Ludovico Gonzaga e della moglie Barbara di Brandeburgo e da lì potrei meglio sbirciare la scollatura di signore avvenenti.

Chissà quante ragazze può contenere la piazza?!

Immagino così una festa nel palazzo ducale con ragazze succinte… mentre penso a tutto ciò, ho lo sguardo fisso e sento una voce: «La smetti di fissare la mia ragazza?! Ti devo rompere il naso?».

Mi accorgo di avere davanti un tipo feroce con vicino una graziosa ragazza così stempero i toni: «No, mi scusi… ero sopra pensiero, non la stavo guardando… le ragazze neppure mi piacciono ».

Così è lei ha intervenire: «Te l'avevo detto Giorgio: stava guardando te!».

Ridono e se ne vanno.

Lasciamo stare la cultura, è pericolosa.

Eccomi sul baratro come ogni fine settimana arrivo al punto di pensare che termini in fretta.

È una cosa assurda spero per tutta la settimana che arrivi il sabato e la domenica e quando giungono non vedo l'ora che finisca?! E poi per cosa?

Per trovarmi il lunedì ancora solo, smarrito?! E poi in Lituania?!

No, mi devo ribellare devo fare qualcosa.

Un bicchierino mi aiuterà ad essere aperto agli altri di trovare il coraggio di iniziare una conversazione.

Lo so! Mi ero ripromesso di bere solo il sabato sera e ieri l'ho fatto di brutto e così purtroppo anche il giorno prima.

Poi mi sono impegnato, questa mattina, a non bere mai più, come peraltro dico ogni domenica mattina ma in fondo sono solo e mi sento solo: un bicchierino mi permetterà di socializzare.

Eccomi ad un simpatico locale. Ha il bancone sia dentro che fuori.

Appoggiati al bancone e nei pressi dello stesso ci sono tanti ragazzi e ragazze. Dovrei notare che essendo tutti sulla ventina potrebbero essere miei figli ma non lo faccio anzi faccio la faccia da ventenne.

Come si fa la faccia da ventenni?!

È difficile molto difficile.

Bisogna avvicinarsi e guardare con lo sguardo di quello che dice «Non ho mica oltre i quarantacinque anni, ne ho venticinque! ».

Il problema che loro ti fissano e con quello sguardo che pare dicano « Ma si vede benissimo che non hai venti anni ne avrai almeno cinquanta! ».

Allora io li fisso ancora di più sempre senza dire assolutamente nulla ma con lo sguardo che pare dica «Ma come?! Volevo dimostrare venticinque anni in meno e ne dimostro cinque in piu'?!»

Allora ecco il loro sguardo posarsi su di me per l'ultima volta, sempre in silenzio assoluto. Lo sguardo e' una sentenza che pare dica: «Ah, ah… volevi fare il furbo ma con il tuo sguardo hai confessato di avere quarantacinque anni! Maledetto sdentato peloso»

Allora finalmente parlo: «Tre vodka per piacere».

Comincia ad imbrunire e mentre sorseggio la terza vodka mi rendo conto, certamente complici la fiducia che infonde l'alcool, che il bello deve ancora venire in quanto il locale è gremito di bella gente, di ragazze meravigliose. Tette e culi dappertutto.

Poi c'è da dire che il bradipo è un animale di abitudini prevalentemente inutili.

Nessuno mi considera e così comincio a insinuarmi in alcune conversazioni.

Vicino a me ci sono due ragazze che stanno parlando la prima dice: «e quindi lui cosa ha fatto? ».

La seconda con molto entusiasmo quasi urla: «Non ci crederai… mi ha bannato». Mentre la prima mostra tutta la sua incredulità io intervengo sicuro: «Ah lo so cosa vuol dire bannare : sarebbe interdire la comunicazione o l'accesso di uno o più utenti ad un sito internet, oppure ad una chat… dove ti ha bannato?»

«Mi scusi ma a lei cosa importa?» dice seccata la ragazza.

Sorrido ammaliatore con i miei denti, pochi, con tutte le tonalità di marrone: «Cara, dammi pure del tuo potrei essere tuo fratello».

Lei e' furiosa: «Potresti essere mio nonno! Togliti dal pazzo». A dire il vero non sono proprio sicuro se abbia detto pazzo; togliti dal pazzo non vuole dire nulla. Forse ha detto togliti dal mazzo… forse mi ero seduto sul mazzo di chiavi. Forse meglio ha detto togliti pazzo come dire stupido. Non sono sicuro proprio sicuro in quanto mi ha consigliato di infilarmi un grosso banner da qualche parte «Mi scusi mi puoi dare un'altra vodka?!»

Il ragazzo al bancone sorride sornione mentre versa «Ma poi le regge tutte queste vodka?»

Non riesco a capire perché mi diano tutti del "lei": sono in

mezzo a dei ragazzi, vestito sportivo, potrei dire "cool"…
magari la prossima volta vengo con il mio amico Hulk Hogan.

La vista mi comincia a fare dei brutti scherzi.

Credo che l'alcool si sia sommato a quello di ieri e che quindi sia vicino a ubriacarmi di nuovo, sarebbe disdicevole.

Sento così della musica e decido di ballare.

In realtà la musica c'era anche prima ma ora mi sembra che m'inviti a ballare, che mi induca a mostrare a tutti quanto sono bravo.

Yo te miro y se me corta la respiración Cuando tú me miras se me sube el corazón. Me palpita lento el corazón.

Y en un silencio tu mirada dice mil palabras

La noche en la que te suplico que no salga el sol, Bailando, bailando, bailando, bailando.

Invito una ragazza a ballare ma lei ride e mi fa cenno di no.

Tuttavia il sorriso è già un successo che mi fa sperare.

Io credo che mi sorrida mentre, in realtà, lei mi deride.

Infatti, chiama le amiche e parte un coro di «Scemo, scemo… scemo».

Decido così di andarmene: il bradipo è così pigro che preferisce non lottare.

Cammino strascicando i piedi: i bradipi hanno grande difficoltà a trascinarsi sul suolo, col ventre a terra, ma sono capaci di nuotare… tuttavia non ho intenzione di buttarmi nel Mincio anche se la situazione lo imporrebbe.

Oggi è triste fra poche ore dovrò essere già in piedi per iniziare una nuova via in Lituania.

Sono triste solo e sconsolato.

Telefono a Mauro.

Primo squillo… secondo… terzo… quarto squillo…

«Questa è la segreteria di Mauro Lori…».

Che peccato, mi siedo sulla panchina e provo a telefonare a Ruggero ma noto che la batteria è al limite.

Primo squillo… secondo… si spegne il telefono, batteria scarica totalmente.

Dovrei mettermi il telefono in tasca oppure alzarmi per cercare un posto dove poter ricaricare il cellulare ma scelgo la via più veloce e spontanea: lancio l'apparecchio nel Mincio e buonanotte.

Ora è solitudine e mi viene da fare un bilancio della mia settimana e così della vita.

La sintesi è facilissima e si esprime così: una merda!

Sono riuscito a peccare assecondando i sette vizi capitali per tutta la settimana e così per tutta la vita.

Ho manifestato il lunedì, nella versione asino, tutta la mia ira, sia verso la mia stessa condizione, sia verso gli altri.

Ho sentito crescere in me l'invidia per gli altri quando io, per colpa mia, sono stato un lombrico.

Anche nella veste migliore del castoro sono riuscito a non essere perfetto: ho, infatti, manifestato avidità di gloria

Sono stato superbo, il giovedì, diventando leone. La mia radicata convinzione di essere superiore, spesso solo in modo presunto, ha tradotto le mie azioni in atteggiamenti di altezzoso distacco o anche di ostentato disprezzo verso gli altri.

Ho anche ripugnato, sempre con superbia, norme e leggi.

Sono stato mandrillo il venerdì ma, quel che è peggio, solo in teoria poiché non mi sono potuto, ma avrei voluto, lasciarmi andare nella lussuria più sfrenata.

Sono stato maiale il sabato e ho assecondato la gola e non solo.

Oggi infine nella veste del Bradipo ho peccato in accidia.

La mia settimana, uguale a tutte le settimane precedenti e future, è stata colma di peccati capitali.

Malgrado sia l'ultimo giorno, probabilmente, a Mantova mi rivesto di torpore malinconico, sono pigro e svogliato.

Ormai è tardi per andare a casa, tra qualche ora andrò in aeroporto alla volta della Lituania, così eccomi a coricarmi vicino a questo cespuglio.

I bradipi dormono appesi ai rami, ma per sonni prolungati si rannicchiano nelle biforcazioni dei rami...

Non so quale conclusione trarre da questa esperienza, i bradipi hanno sensi ottusi ed intelligenza scarsa.

Non ho nessuno con cui parlare ma anche se ci fosse qualcuno non saprei cosa dire; i bradipi sono generalmente muti.

Domani sorgerà una nuova alba e inizierà un nuovo immancabile ciclo che da secoli tormenta l'uomo comune: Mantova o in una città qualunque della Lituania ricomincerà tutto e per sempre... sarò di nuovo asino come ogni lunedì.

# Sommario